자유롭게 이탈해도 괜찮아

자유롭게 이탈해도 괜찮아

오세진 지음

프레너미
FRENEMY PUBLISHING

prologue

빛이 나지 않아도 괜찮아

잔디밭에 나무로 만든 의자가 놓여 있다. 사람의 온기가 닿지 않는 곳에 있어서인지 나무 의자 주변으로 거미줄도 있고 많이 낡아 있었다. 앉으려다가 그냥 돌아서려던 참에 가만 보니 나무 의자 사이에 이름 모를 풀꽃 한 송이가 삐죽이 올라와 있다. 홀로 피어 있는 꽃. "기죽지 말고 살아봐. 꽃 피워봐. 참 좋아"라는 나태주 시인의 시가 떠올랐다. 기죽지 않고 최선을 다해 꽃 피운 그 들꽃 한 송이가 오래된 나무 의자의 빈 공간을 가득 채우는 느낌이 들었다. 그렇게 살아도 죽은 것처럼 자신의 처지를 한탄하고 사는 이들이 많지만 '사는 건 그 자체로 좋은 거야. 빛이 나지 않아도 이렇게 존재하는 것만으로도 가치 있는 거야'라고 말해주는 듯했다.

'나 너 좋아해.'

이 말이 입에서 떨어지지 않아 쓰기 시작했다. 편지의 첫 시작은 '사실은 나 예전부터 너 좋아했었어'다. 모든 고백의 편지가 이렇지는 않겠지만 어린 시절의 나는 그랬다. 도저히 얼굴을 마주하고 눈을 보며 전하기가 힘든 첫사랑의 고백. 최대한 진솔하게 편지를 쓰려 했지만 도저히 글로 표현 안 되는 감정들이 있었다. 결국 비루하고 남루한 내 표현력 덕분에 차라리 글이 아닌 말로 직접 전해야겠다는 생각이 들기 시작했다.

그때 어설픈 사랑 고백을 했던 것처럼 지금도 글과 말로 마음을 전하며 독자와 청중, 그리고 세상과 만나는 일을 하고 있다. 아직도 첫입을 떼는 아이처럼 어설프고 첫 글쓰기를 하는 것처럼 낯설다. 하지만 조심스럽고도 가슴 떨리는 마음으로 한 글자 한 글자에 고백을 담는 이 일이 참 좋다. 지금 당장 빛이 나지 않아도 이렇게 글 쓰는 삶을 살고 있다는 것만으로도 감사한 지금이다.

모두가 열심히 산다. 치열하게 살고 최선을 다해 살고 있다. 나 역시 그랬다. 쉼 없이 달려왔다. 삼십대 후반의 나이가 될 때까지 한 번도 멈춰 있던 적이 없었다. 두려웠다. 내 위치는 불완전했고, 내 앞날은 불투명했고, 내 통장잔고는 늘 부족했다. 이십대는 아르바이트에 학업에 취업 후에도 하고 싶은 것들이 많아 늘 바빠 살았다. 삼십대 초반에는 아버지 어깨에 놓인 가장의 무게를 덜어드리고 싶었다. 한평생 가족을 위해 달려오신 아버지를 쉬게 해드리고 싶었다. 그래서 더 열심히 살았다. 삼십대 중반에는 하나하나 소중하게 쌓아온 내 이력을 더 키우고 싶었고, 능력을 인정받기 위해 더 앞만 보고 내달렸다.

하지만 이렇게 열심히 사는데 제자리인 것만 같아 두려웠고, 잠시 숨을 고르는 사이에 도태될까 겁이 났고 잊혀질까 두려웠다. 내 노력이 인정받지 못할까봐 더 빨리 내달려야 했다. 달리고 달리고 또 달렸다. 쉼 없이 내달리다가 자신을 영영 잃을 수도 있는 상황까지 갔지만 그땐 몰랐다. 쉼이 없는 삶은 숨이 막히게 되어 있다는 것을 말이다. 하지만 불행인지 다행인지 숨 막혀 죽기 직전에 사고사(事故死)로 갈 뻔했다. 결과적으로는 세 번의 교통사고를 경험하고 새 삶을 살고 있으니 전화위복의 산증인이 된 셈이다. 죽을 고비를 넘기면 사람이 달라진다는데 정말이지 죽지 않고 산 덕에 삶을 바라보는 태도가 변화하기 시작했다.

지금도 물론 멈춰 서지 않고 달리고 있지만 예전과는 다른 방식으로 나아가고 있다. 혹자에게는 아무 생산성 없이 무의미한 시간을 보내는 것처럼 보일 수 있는 삶을 살고 있다. 표면으로 드러나는 일의 성과나 결과는 없지만 이면에는 엄청난 성장과 변화가 있기에 지금의 삶도 충분히 값지고 행복하다. 명성, 부와 인기가 주는 환호 속 공허함이 아닌 내면의 충만함을 느끼는 삶을 이어가는 지금, 길게 산 인생은 아니지만 삶에서 경험할 수 있는 우여곡절과 희로애락의 감정들을 속성으로 마스터한 기분이 든다. 그 덕분에 밤으로 들어가지 않고 꿈을 얻을 수 없듯, 어둠에 머물러 보지 않고 빛의 가치를 알 수 없음을 깨달았다. 어떻게 될지 모르는 어둠 속에서도 희망과 해결책이 있다는 확신을 가진 지금의 나, 빛이 나지 않아도 두렵지 않다.

정답(正答)이 아닌 해답(解答)을 찾아가는 삶

삶의 여러 모습을 경험하며 관통해온 나는, 만물은 변한다는 당연한 이치를 거스를 수는 없기에 예전의 나와 분명 다르다. 지금의 나는 그 어떤 기준에서 정해진 질서인지 알 수 없는, '비정상' 같은 '정상'의 틀 안에서 벗어난 자로 분류된다. 빛이 나지 않음 속에서도 악착같이 만들어낸 경력과 경제력에 대한 욕심을 내려놓았기 때문이다.

"왜 들어오는 강연 의뢰를 거절해? 움직이면 돈이 되는데 이해가 안 된다."

"여기까지 어떻게 왔는데, 얼마나 노력했니 네가. 그런데 왜 그걸 내려놓으려는 거야. 아깝지도 않아?"

"강연 안 하면 뭐 먹고 살려고? 계획은 있는 거야?"

이런 말을 건네는 지인들이 있다. 십 년 동안 강연을 하고 글을 쓰면서 점심도 걸러 가며 하루에 평균 200킬로미터를 이동하는 생활을 해왔다. 물론 그 사이에 여러 사고로 체력이 바닥나고 치료를 받으면서 2년간의 공백이 있었지만 대부분의 시간을 일에 몰입해서 경주마처럼 앞만 보고 살았다.

그렇게 지나온 내 발자국들은 난잡하거나 비겁하지 않았다. 그 덕분에 강연업에 오래 종사한 대표들을 만나면 "이제 작가님은 죽기 직전까지 강연 의뢰는 계속 올 거예요. 모든 시장이 그렇듯 일정 궤도에 올라가면 그때부턴 쉬워지죠"라고 내 앞날을 축복(?)해주기도 했다. 일이 좋았고 청중과 소통하는 순간이 정말 행복했다. 그리고 무엇보다 금전적 걱정 없이 생활할 수 있음이 좋았기에 그렇게 나의 삼십대 대부분의 시간을 강연가 오세진으로 살았다. 그게 나였고 그 일이 나에게 전부였다. 내 전부를 내려놓는 것은 어려운 결정이었다. 이런 결정을 내린 이유는 일이 싫어서가 아니다. 일보다 소중한 것이 바로 '나 자신'임을 깨달았기 때문이다. 지금의 위치와 하고 있는 일이 나와 동일시되는 게 좋으면서도 겁이 났다.

강사 오세진으로서의 모습을 부정하는 건 아니지만 그 삶이 소중한 만큼 삼십대 후반의 여성으로의 나, 인간 오세진의 삶의 의미를 찾고 싶었다. 오로지 한 가지만 생각하고 달려온 지난 삶. 대부분의 시간을 고속도로나 길바닥 위, 강연장 그리고 컴퓨터 앞에서 보냈다. 다른 걸 생각할 겨를이 없는 환경을 설정하고 이게 맞는 거야라며 스스로를 설득하고 가두며 살아온 것 같다. 어찌 보면 일상의 어려움과 조금씩 느껴지는 신체적 변화들 그리고 나를 바라보는 사람들의 시선에 당당하게 맞서기보다 일 뒤에 숨어버린 것은 아닐까 라는 생각이 들기도 했다. 계속 내달릴 땐 느끼지 못했던 감정들을 사고 이후에 본의 아니게 가지게 된 휴식시간을 통해 발견하게 됐다. 그리고 하염없이 눈물이 났었다. 마음을 무시한 채 살아온 내가 나에게 너무 미안해서, 그리고 성공과 환호의 무용(無用)함을 깨달은 것이 고마워서, 물질적 가치가 주는 만족감보다 정신적 가치의 소중함을 지키는 삶을 알게 돼서.

"인간은 자기 삶에서 단순함의 너른 빈터를 충분히 남겨두어야만 인간일 수 있다"라는 조지 오웰의 말을 떠올리며 나를 돌아봤다. 그리고 다짐했다. 다시 일상으로 돌아간다면 바람이 잘 통하고 공기가 지나다닐 수 있을 정도의 빈 터를 잘 유지해야겠다고 말이다. 놓고 떠나보니 확장되더라. 내 자신이 내 삶이. 이렇게 덜어내고 비워내는 삶의 가치를 보고 느끼고 살아볼 수 있음에 감사한 요즘이다. 정답이라는 건 없다. 여러 개의 해답이 존재할 뿐. 정답(正答)이 옳은 답이라면 해답(解答)은 질문이나 의문을 풀이하는 과정 자체를 의미한다. 옳은 답이라… 삶에 옳은 답이란 게 존재하기는 한 걸까? 옳다는 기준은 무엇이란 말인가? 이 세상에 백 명이 산다면 백 개의 세계가 존재한다는 말이 있듯 각기 다른 방식, 다양한 방법으로 삶에 의미를 부여하고 자신의 해답을 얻으며 살아간다.

너만의 작품을 만들어라

"나는 보았다 단 한 번 궤도를 이탈함으로써 두 번 다시 궤도에 진입하지 못할지라도 캄캄한 하늘에 획을 긋는 별. 그 똥, 짧지만, 그래도 획을 그을 수 있는, 포기한 자 그래서 이탈한 자가 문득 자유롭다는 것을"

좋아하는 시(時), 〈이탈한 자가 문득〉의 한 구절이다. 나는 예전과는 다르게 궤도에서 벗어나고 있다. 그래서 어떤 부분에서는 특히 경제적인 여유에 대해서는 '포기한 자'가 되었지만, 그 덕분에 새로워지는 나를 발견한다. 말 그대로 '의도적인 빈곤 상태'를 즐기고 있다. 이 말이 한량처럼 경제 활동을 하지 않는다는 의미는 아니다. 최소한의 생활을 유지할 수 있을 만큼 일을 하고 나머지 시간은 지금이어야만 할 수 있는 일, 지금이 아니면 안 될 것 같은 일에 모든 시간과 노력을 집중하고 있다. 그것이 내가 삶을 해석하고 향유하는 방식임을 깨달았다. 경제적인 안정과 허울 좋아 보이는 자리를 박차고 나와서 선택한 지금의 행복은 그 무엇과도 바꿀 수 없다. 지금도 최선을 다해 나만의 작품을 그려가는 중이다. 마지막이 어떤 모습일지는 아무도 모른다. 그저 자유롭게 선택하고 그 선택에 대한 책임을 지는 삶을 살면 그뿐이다.

이 글과 함께 호흡하고 있는 당신도 당신만의 작품을 구상하고 그려가고 있을 터. 매번 남과 같은 궤적으로 하염없이 돌다가는 나만의 작품이 아닌 누군가의 것과 비슷해진 내 것 같지 않은 내 것을 마주하게 된다. 스스로 만들어가는 내 세계는 그 자체로 예술이 된다. 인생을 살면서 취업의 어려움, 낮아진 자존감, 실패로 끝난 사랑에 대한 아픔, 내 생각과는 달리 움직여지지 않는 몸 등 여러 이유로 그림이 작품이 의도와는 다르게 흘러가는 경우도 있지만 그 역시 그 자체로 의미가 있다. 매 순간의 생채기에서 '생의 의지'가 샘솟고 다른 방향으로 생각의 전환이 일어나며 예상하지 못했던 놀라운 성취와 행복을 경험하게 될지도. 결국 삶이란, 살아감에 있어 우연한 사건과 사소한 일상의 누적됨 속에서 비롯되기 때문이다.

나만의 작품세계를 드러내고 인정받으려는 욕심에서 시작된 글이 아니다. 누구나 저마다의 작품을 그려가고 있기에 각자의 삶을 존중하고 스스로도 그 가치를 깨닫기 바라는 마음에서부터 출발한 글이다. '아, 저런 방식도 있구나' '저렇게 생각할 수도 있겠구나'라고 서로의 세계를 바라봐주며 묵묵히 응원의 메시지를 보내고 싶다. 학창 시절 미술시간에 똑같은 형태의 사물을 보고도 각기 다른 작품이 나오는 것처럼, 지금의 내 작품이 타인과 다르다고 해서 결코 부끄러워하거나 위축될 이유도 없고 과시할 필요도 없음을 말하고 싶다. 더불어 서로의 삶을 존중하고 자신과 다르다는 이유로 함부로 이야기하지 않도록 깨어 있기를 바란다. 나 역시 깨어 있기를….

자유롭게 이탈해 달리는 자

오세진

contents

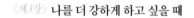

다른 사람의 속마음으로 들어가라.
그리고 다른 사람으로 하여금 당신의 속마음으로 들어오도록 하라.

— 마르쿠스 아우렐리우스(*Marcus Aurelius*)

<제1장>

나다움을 찾아서

몸의 가치

'속상해.'

이 말을 입버릇처럼 달고 사는 친구가 있다. 늦잠을 자서 속상하고 아침에 입고 나온 옷이 마음에 안 들어서 속상하다. 길이 막혀 속상하고 그 바람에 모든 리듬이 깨지고 회사 상사에게도 깨져서 속상하다. 그렇게 안 좋은 마음을 몸에는 안 좋지만 영혼에 좋은 고칼로리 음식으로 위로한다. 그리고 다음 날이면 퉁퉁 붓고 푸석해진 얼굴을 보고 또다시 속상해진다. 이렇게 속상함의 고리에서 돌고 돌고 또 도는 일상이다. 그녀는 친구들과 함께 만날 때면 속상했던 일들을 쏟아놓기에 여념이 없다. 그리고 헤어질 때쯤 "미안, 내가 너무 내 이야기만 했지"라고 말한다. 어째 이런 친구의 모습이 밉지가 않고 짠할 때가 많다. 이래서 저래서 속상했다고 말을 하고 있는 친구의 모습에서 내 모습이 보이기 때문일까?

속이 상한 것은 겉이라도 멀쩡해 보이기 위함이라 생각해왔다. 살아가면서 기쁘지 않아도 웃어야 하고, 기분이 언짢아도 얼굴로는 드러내면 안 되는 상황들이 많다. 창자가 미어질 듯 아픈 감정 속에서도 우리는 시간이 치유해줄 것을 믿으며 의연한 척 일을 하고 사람을 만나고 그렇게 살아간다. 슬픔이 넘치고 넘쳐 주체할 수 없을 때에도 우리는 생존해야 하고 존재해야 하기에 그 감정을 누르며 괜찮은 척 묵묵히 걸어간다. 그래서 '속상해'라는 한 마디는 아픔과 슬픔의 감정이 없어서가 아니라 그럼에도 불구하고 내 존재를 오롯이 살고자 하는 한 사람의 외로운 외침처럼 느껴진다.

최근에 친한 친구의 남편이 심장마비로 갑자기 세상을 등졌다. 황망하고 힘든 상황 속에서 장례를 치르고 시간이 좀 흘렀다. 그리고 얼마 후 SNS에 어린 아이들과 함께 웃고 있는 친구의 사진이 올라왔다.

누군가가 말했다. "남편이 죽은 지 얼마나 됐다고 저렇게 아이들을 데리고 놀러 다니면서 웃는 사진을 올리는 거야? 좀 이르지 않나?" 타인의 아픔의 깊이에 대해, 회복에 대해 함부로 재단하고 평가하는 모습을 보고 마음이 안 좋았다. 겉이 멀쩡해 보인다 해서 그 마음의 상처가 아문 것은 아니다. '산 사람은 살아야지'라는 말처럼, 남은 자들의 생은 계속 이어지기에 그럼에도 살아가야 하고 살아내야 한다. 그렇게 우리는 겉이 멀쩡한 만큼 속으로는 곪아 들어가면서 살고 있다.

그러다 문득 속이 상한 것은 겉이 멀쩡해 보이기 위함이라는 말에 의문을 가지게 됐다. 속이 상한 만큼 몸도 상하던데… 속이 상한 만큼 얼굴과 몸에 그 흔적이 고스란히 드러난다. 스트레스를 많이 받은 다음 날이면 얼굴에 뾰루지가 떡 하니 존재감을 드러내고 피부는 온통 까칠해져 화장을 뱉어내기 일쑤다. 손목 스냅을 이용해 누르고 때리고 하얗게 들뜬 얼굴을 어떻게든 수습해보려 하지만 그럴수록 상해보이는 피부 때문에 속이 더 상한다. 그뿐만 아니라 신경을 많이 쓴 날이면 여지없이 속이 더부룩하고 불편해온다. 피부에 알러지가 올라오는 경우도 있다.

그뿐인가? 교통사고 후유증으로 눕고 일어나고 고개를 돌리고 무언가를 옮기는 일상의 모든 것들을 수행할 수 없는 상태에 놓였을 때로 돌아가보자. 그때 마음대로 움직여지지 않는 몸 때문에 마음이 상했고 마음이 상하다보니 다시 몸에 영향을 미쳐 원형탈모까지 생겼었다. 오백 원짜리 동전 크기 만한 구멍이 서너 개가 머리에 있음을 발견했을 때의 충격이란. 어떻게든 회복방법을 찾고 싶어 탈모 관련 카페에 가입하기도 했다. 탈모가 심해져서 눈썹까지 빠졌다는 글들을 보며 가슴 졸였던 기억이 생생하다.

내 몸과 마음에 드러나는 여러 가지 상흔과 생채기를 통해 몸과 마음이 끊임없이 대화를 하고 있으며 이 둘이 통하지 않을 때 문제가 생긴다는 것을 명확히 느끼고 있다. 우리는 몸을 통해 살고, 느끼고 경험하게 된다. 몸이 보내는 작은 신호들이 얼마나 소중하고 감사한 것인지를 알아야 한다. 아무튼 이 예민한 몸에 대해서는 정말 하고픈 말이 많다. 여기서 예민함이란 몸의 소리에 깨어 있음을 의미한다. 필요 이상으로 건강을 챙긴다고 딴지 거는 이들도 있지만 자신의 삶을 소중히 생각하고 몸을 관리하는데 '거기까지'라는 기준을 두는 것도 웃기는 일이다. 결코 타인에게 피해를 주는 행동이나 마음가짐은 아니기에 나는 내 마음 상태나 환경에 즉각적으로 반응하는 내 몸을 살피는 일을 게을리하지 않을 것이다.

한편으로는 이런 내 몸이 인간미 있다는 생각도 든다. 아무리 술을 마시고 밤을 새도 다음 날 뽀송하면서도 윤기 있는 발그레한 피부를 유지하는 건 반칙이 아닐까? 사람이라면 좀 붓기도 하고 푸석푸석한 면이 있어야지, 감정의 화가 드러나는 내 피부가 정직한 게 아닐까, 라고 잠시 잠깐의 위로는 하지만 그래도 화장 잘 받는 피부가 부럽긴 하다.

최근 선배들과 함께 자리를 하던 중 세월의 흐름에 무너지는 몸에 대한 대화를 하게 됐다. 선배 한 명이 "세진아, 목 한 번 들어봐"라더니 "아직은 괜찮네. 그런데 사십 넘어 봐라. 한 해 한 해가 아닌 하루하루가 다르다"라고 한다. 세월의 변화를 가감 없이 보여주는 신체 부위가 바로 목이다. 얼굴은 어떻게든 관리를 한다 해도 켜켜이 쌓여가는 목의 주름을 되돌리는 것은 아직까지의 기술로는 정복하지 못했다. 우리는 그렇게 서로의 목주름을 세어가며 예전 같지 않음과 곱게 나이듦에 대한 이야기를 이어갔다.

대화의 주제는 어느새 목주름에서 발뒤꿈치로 옮겨갔다. 여자의 발, 보드라운 발뒤꿈치는 삶의 무게만큼 눌리고 눌린 각질이 쌓여 거칠어지고 두꺼워진다. 뜨거운 물에 불리고 갈아내고 전용 크림으로 감싸주고 관리를 해도 쩍쩍 갈라지는 뒤꿈치가 콤플렉스라며 이야기했다. 제법 많은 사람들이 여름에 샌들을 신거나 발을 드러낼 상황에서 움찔하거나 주춤한다. 특히 여성들 중 발에 자신 없어 하는 사람들이 많다. 나 역시 그렇다.

내 경우에는 강연회나 사회자로 무대에 오르는 경우가 많았다. 그럴 때면 여지없이 힐에 탑승을 했다. 대한민국 여성 평균키에 못 미치는 터라 큰 무대를 힐에 탑승함으로 조금 더 채우고 싶었던 마음이 컸다. 짧게는 한 시간, 길게는 여덟 시간까지 주요 행사를 진행하거나 강연을 한다. 일이 끝난 후 무대에서 내려오면 힐을 벗어던지고 맨발로 가고 싶다는 충동이 올라온다. 발가락 마디마디가 쑤시고 좁은 구두 안에 꼬깃꼬깃 구겨져 있던 발은 비명을 질러댄다.

발뒤꿈치는 쓸리고 까져 분홍빛 속살을 드러내고 있다. 분홍빛 속살은 여러 번 반복되어 나오다가 그 자리에 굳은

살을 만들어낸다. 발 나름의 살 궁리를 한 것이라 생각한다. 다시는 피를 보지 않겠노라는 발뒤꿈치의 의지가 담겨 있는 굳은살. 한참 일에 집중해 있던 지난 7~8년 동안 잠잘 때 제외하고는 하이힐을 신고 다녔다. 그 결과 내 발은 무지외반증이 왔고 족저 근막염을 얻게 됐다. 주인 잘못 만나 고생하고 변형된 발에 미안한 마음이 든다.

거기에 달리기를 하면서 발에 미안할 일이 끊이지 않는다. 달리기 초반에는 운동화 선택을 잘못한 탓에 발톱 끝이 신발에 닿아 멍이 들고 아팠다. 장거리 러닝 후에는 발가락이나 발바닥에 물집이 잡히거나 피멍이 들기도 했다. 거기서 멈추지 않고 발톱이 점점 검게 변해가고 두꺼워졌다. 방문 횟수가 많지는 않지만 십 년째 꾸준히 가고 있는 네일숍을 방문했다. 관리사는 내 발을 내려다보더니 "세진 씨! 발이 왜 이래요. 발 모양도 발톱도 정말 좋았는데…. 이게 뭐야! 발톱무좀도 생겼네"라는 게 아닌가? '오 마이' 발톱무좀? 저 진짜 잘 씻는데요, 라며 응수했다. 그녀는 청결의 문제가 아니라 지속적으로 자극을 받으면서 발톱이 약해지고 운동을 하며 땀이 나면서 습해지는 환경에 노출이 되다보니 발톱무좀이 생기기 최적의 조건이 된다고 했다. 변형된 못생긴 발, 피멍이 든 발톱, 무좀으로 두꺼워진 발톱을 내려다보며 미안한 마음은 들지만 부끄럽지는 않다. 열심히 달려온 자에게 수여되는 훈장이라도 받은 양 으쓱해진다. 고통을 즐기며 살아 있음을 느끼는 뭐 그런 건 아니니 오해하지 마시길. 나는 그저 보기에 아름다운 몸이 아닌 일상의 것들을 무리 없이 수행할 수 있는 건강하고 기능적인 몸의 가치에 대해 말하고 싶을 뿐이다.

겉으로 보이는 몸, 점점 변화되는 몸, 젊음과 생기를 잃어가는 몸 때문에 자격지심을 느끼거나 자신감을 잃게 되는 경우들이 많다. 하지만 그런 몸일지라도 당신을, 당신의 삶을 지탱하고 살아가게 하는 에너지임을 잊지 말아야 한다. 결국 나를 존재케 하는 존재가 몸이다. 몸의 노화나 자세의 무너짐에 예민하게 반응하며 몸의 소리에 귀 기울이는 것, 지금의 내 몸을 잘 살피고 관리하는 것이 본인이 할 수 있는 몸에 대한 최대한의 배려가 아닐까? 존중받는 몸, 아름다운 몸은 나 자신이 만들어가는 것이다. 지금 당장 나를 실존하게 해주는 몸에게 감사한 마음을 표현해보는 건 어떨까?

경이로운 경험을 선사하다

나의 오랜 벗 중 글 모음집이 있다. 몇 년 전 방을 정리하다가 책장 위에 있던 보물을 발견했다. 초등학교 2학년 때부터 중학교 3학년 때까지 썼던 글 모음집인 '글수레'다. 운문, 산문, 동화, 그리고 숙제로 제출했던 독후감까지, 어린 내가 적었던 글들을 꺼내 보는 묘미가 있다. 색이 바랜 원고지를 바스락거리며 넘기는 느낌이 좋고 원고지를 넘길 때 나는 먼지 냄새도 정겹다. 그래서 지금도 가끔 열어 그때의 글들을 들여다본다. 동심으로 돌아가는 그 순간 시간과 공간의 의미는 상실된다. 많은 글 중, 유독 '내 별명'이라는 동시를 좋아한다. 이름의 오 씨 성 때문에 붙여진 오징어라는 별명에 관련된 내용이다. 그러고 보니 내 사촌은 '세미'라는 이름 때문에 수세미라는 별명이 있었다. 단순하지만 그 안에 귀여움과 순수함이 녹아 있는 작명이 아닌가?

내 별명
오징어

처음 들을 땐
너무나 화가 났지.

하지만 아무리 화가 나도
친구들에게 먹물을 내뿜지 않는
나는야 착한 오징어

초등학교 2학년 때 성남문화원과 성남펜클럽이 주최한 청소년 문학상에서 운문 버금상을 받아 지역 신문에 실리기도 했다. 생각해보니 초등학생 때부터 글쓰기를 좋아했다. 문예창작과를 가겠다는 꿈을 꾸기도 했다. 학교나 외부에서 주최하는 백일장이 있으면 학교 대표로 참가해 수상도 여러 번 했다. 물론 당시의 글짓기는 상을 받기 위한 도구가 아니었다. 나에게 글짓기는 하나의 놀이였다. 그 나이에 사색의 즐거움을 알 리도 만무했다. 그저 상상의 나래를 펼치며 가장 재미있게 할 수 있는 일, 좋아하는 일, 잘할 수 있는 일이 글짓기였다.

글짓기에 빠지게 된 데에는 담임선생님의 영향이 컸다. 눈이 소복하게 내린 아침, 조회 시간에 담임선생님이 "눈이 많이 왔는데 눈이 내린 길을 걸으면서 무슨 생각이 들었는지 발표해볼까?"라고 하셨다. 내가 했던 대답과 선생님의 말씀이 지금도 기억난다. "눈을 밟으니까 뽀드득뽀드득 소리가 나는데 눈들이 아프다고 속삭이는 소리 같았어요"라고 말했다. 친구들은 그게 뭐냐는 듯 웃었다. 친구들의 웃음소리에 부끄러워졌다. 하지만 선생님은 상상력이 풍부하다며 칭찬해주었다. 그리고 그 후 하루에 하나씩 동시를 써오라는 숙제를 내주었다.

선생님이 내주는 별, 내 별명, 딸기, 동생 등의 친숙한 주제에 따라 글짓기를 했다. 생각나는 대로 막 쓴 글이지만 선생님은 색다른 생각을 늘 칭찬해주고 막 써 내려간 형식 파괴의 글을 손수 다듬어주셨다. 그렇게 모으고 모은 글 모음집이 '글수레'다. 학년이 올라간 후에도 글짓기는 계속됐다. 내 주변의 모든 것이 동시의 주제고 동화의 글감이 되었다. 한 번 두 번 하던 것이 습관이 된 덕분이다.

그때의 좋은 기억 덕분인지 지금도 글 읽기와 글쓰기는 나에게 있어 해야만 하는 '의무'가 아니라 여러 가지 '의미'를 가져다주는 일종의 유희가 됐다. 그저 내 마음이 참으로 원하고 내 손이 저절로 가 닿는 글을 보고 쓸 때의 기쁨은 이루 말할 수 없을 만큼 크다. 글쓰기는 나만의 소우주로 나를 데려간다. 내 마음을 글에 투영시켜 적어 내려가는 순간이 가장 행복하고 편한 시간이다. 감정의 일렁임이 생겨 멀미가 날 것 같은 기분이 들 때면 글을 쓴다. 순간의 감정도 좋고 책 속에서 감동적으로 다가왔던 문장을 이어가는 것도 하나의 방법이다. 그 과정을 통해 마음이 안정된다. 글쓰기는 사색을 통해 마음에 여백을 가져다주며 영혼을 충만하게 만들어주는 값진 양식이다.

많은 이들이 글을 쓰고 싶어한다. 하지만 글쓰기에 대해 부담을 가지고 있다. 자기가 쓴 글에 대해 부끄러워하기도 한다. 타인의 평가가 두려워 글쓰기를 망설이는 경우도 있다. 나 역시 대학생이 되고 졸업 후 생활전선에 뛰어들어 치열하게 살면서 여유를 잃고 글 쓰는 것을 잃어버린 적이 있다. 글쓰기와 10년 정도의 냉담 후 다시 빈 종이와 대면했다. 아무것도 떠오르지 않았다. 한 글자도 적을 수 없었다. 이 세상 모든 것이 글감이었던 때가 있는데, 분명 그때보다 더 많은 것을 경험하고 느낄 수 있는 시점인데 왜 쓸 말이 없지? 어떻게 시작해야 할지, 이 글을 보는 사람이 어떤 생각을 할까를 고민하다보니 점점 작아지는 나를 느낄 수 있었다.

그때 꺼내어 본 '글수레'는 다시금 글쓰기에 활력을 불어넣었다. 생각을 담고 삶이 녹아난 글을 누구나 쓸 수 있다. 글쓰기 앞에서는 타고난 재능 따윈 중요하지 않다. 즐겁게 하루하루의 느낌을 녹여내면 된다는 원리를 20여 년 전의 나에게 배운다. 여전히 지금도 글을 쓰면서 부끄러운 순간을 마주하고 한없이 작아지는 나를 느낄 때가 많다. "인식에 이르는 길 위에서 그렇게 많은 부끄러움을 극복할 수 없다면 인식의 매력은 적을 것이다." 니체의 말처럼 부끄러운 순간을 극복하고 있는 과정에 놓여 있다. 또한 은유 작가의 《쓰기의 말들》에 나오는 "문학은 용기다. 어쩌면 용기란 몰락할 수 있는 용기다"라는 말처럼 글쓰기는 용기를 필요로

한다.

  설익은 글을 남에게 보여주는 용기, 내 부족한 민낯을 고스란히 드러내는 용기, 나의 무지를 인정하는 용기, 그럼에도 꾸준히 다시 쓰는 용기가 필요하다. 심기일전하고 용기를 가지고 부끄러움을 극복하며 유희의 글쓰기를 지속하려 한다. 우리 모두는 자신이 걸어온 길을 가장 잘 이해하고 알고 있는 작가다. 글쓰기는 삶의 기록이다. 부끄러움을 직시할 수 있는 용기를 날개로 삼고 유희를 통해 쓰고 기록하는 일을 앞으로도 계속할 것이다.

  기록하는 일을 위해 매일 아침 집을 나설 때 빠짐없이 챙겨 나오는 몇 가지가 있다. 그중 하나가 만년필이다. 주로 노트북으로 작업을 하지만 스쳐 지나가는 생각의 단초를 기록하기에는 기동력이 달린다. 그래서 작은 메모장과 펜을 늘 가지고 다닌다. 글쓰기 도구(道具)인 만년필은 삶을 펼쳐가는 여정 속에서 사색을 할 때 나와 단짝처럼 붙어 있다. 불교에서는 오래도록 함께 수행한 벗을 도구(道舊)라 일컫는다. 도구의 중의적 의미가 절묘하게 맞아떨어진다. 책상에 자동차에 가방 안에, 여기저기에 펜들이 널려 있다. 불현듯 스치는 생각의 단초를 놓치고 싶지 않기에, 떠오를 때마다 기록하기 위해 손이 닿는 어느 곳이든 펜을 둔다. 잃어버리기 일쑤기도 하고 생기기도 많이 생기는 것이 펜이다. 어딜 가나 기념품으로 받기도 하고 강연장에서 선물로 받기도 한다. 내 필요에 의해서 사기도 한다. 늘 필요로 하지만 흔하기에 딱히 소중하게 여기지는 않는 것이 펜이다. 하지만 이 만년필은 여기저기 놓여 있는 펜들과는 다르다. 펜에 내 이름이 새겨진 탓인가? 흔한 펜이 세상에 단 하나뿐인 이름을 가진 도구(道具)이자 벗이 되었다.

그 어느 곳에서도 혼자라는 느낌이 들기보다 내 도구들을 벗삼아 새로운 세계를 지어내는 경이로운 경험을 하게 된다. 소중한 물건과 함께하면 혼자임이 두렵지 않다.

내 마음을 가장 잘 들여다볼 수 있는 '글'을 쓸 때 늘 함께인 나의 소중한 물건 펜과 글쓰기에 대한 순수한 마음을 상기시켜주는 글수레, 이 소중한 물건들 덕분에 오늘도 나는 글을 쓸 수 있다. 이 글을 함께하고 있는 당신에게 가장 의미 있는 물건은 무엇인지 문득 궁금해진다.

가지고 싶은 것이 있다면

절세미인, 절대미인, 그리고 약간의 속어이기는 하나 절라미인. '절'로 시작하는 말로 통일하려다보니 그리 됐다. 지금에 와서 이 사실을 말하기가 낯 뜨겁긴 하지만 미인 삼총사는 대학 때 만나 십여 년이 지난 지금까지 가깝게 지내는 세 명의 친구를 이르는 말이다. 그중 한 명이 나다. 세 가지 별명 중 나를 일컬었던 말은, 심히 부끄러워 차마 내 입으로 이야기할 수 없겠다. 그저 철없던 시기에 서로를 부르던 별명에 불과하니 언짢아하지 않길 바란다.

아무튼 지금에야 깎이고 갈리고 다듬어져 많이 차분해졌

고 조금은 객관적으로 자신을 바라볼 수 있는 눈이 생긴 인간이 되었지만, 대학 신입생 때를 돌아보니 철부지 왈가닥 소녀였던 모습이 오버랩 된다. 입시지옥을 거치며 산다는 게 그리 쉽지는 않았지만 그럼에도 대체적으로 유쾌하고 행복했던 그때. 이른바 발랑지수가 최고조에 이르렀던 시기다.

우리는 늘 붙어 다니며 서로에게 가장 소중한 친구가 됐다. 사랑에 대해 고민하고 위로하며 함께 성숙해갔다. 졸업 후에도 각기 다른 영역에서 커리어를 쌓으며 열심히 살면서 서로를 응원했다. 지나온 긴 시간 덕분에 우리 셋은 지금도 여전히 대화가 끊이질 않는다. 아니 대화가 끊겨도 전혀 그 공기가 어색해지지 않는다. 같은 공간에 있는 것만으로도 힘이 되어주는 존재다. 부모님의 안부를 묻고 가족의 안위를 걱정하면서 지금까지도 잊지 않고 매년 서로의 생일을 축하하며 살갑게 지낸다. 최근에 생일을 맞이한 '절대미인'이었던 친구에게 물었다.

"지금 가장 필요한 게 뭐야? 가장 가지고 싶은 거 말해봐. 내가 선물해줄게."
"필요한 거 없어. 있다 해도 네가 해주지 못하는 거야."

속마음을 숨기는 친구에게 "들어보고 결정할게. 내가 할 수 있는 건지 없는 건지"라며 재차 물었다. 가장 필요하고 지금 가장 가지고 싶은 것이 '나만의 시간'이라는 짧은 대답. 생각하지 못했던 친구의 대답에 잠시 정적이 흘렀다. 그 안에는 많은 감정이 담겨 있었다. 그 말에 나 역시 격하게 공감하며 친구의 이야기에 귀를 기울였다. 지금 충분히 행복하지만 육아를 하며 멀어져간 자신을 찾고 싶다 했다. 남편과 아이와 잠시 떨어져 자신만의 시간을 가지고 싶지만 막상 그렇게 하려다가도 아이가 눈에 밟혀 문밖을 나설 수 없다는 이야기였다. 누구의 아내, 엄마가 아닌 오로지 자신만을 위한 시간으로 살아보고 싶다는 친구의 말에 마음이 저려왔다.

여기서 '나만의 시간'은 절대적 시간을 의미하는 것이 아닌 자신이 원하는 것에 온전히 집중할 수 있는 것을 뜻한다. 그녀가 말한 '나만의 시간'의 의미는 민낯의 자신을 발견하고 잃어버린 나를 찾고야 말 테야라는 결심이 아니다. 사색하고 가볍게 차 한 잔 마시는 것, 혹은 평소 좋아했던 장소에 가거나 즐겨 했던 무언가를 즐기며 일상에 희석된 자신의 흔적과 감정을 찾아보는 것만으로도 충분히 행복할 것 같다는 바람

이었다. 이는 독박육아를 하고 있는 여성이나 워킹맘들만의
바람은 아닐 것이다.

　자신에게 선물을 주기 위해 한 달에 한 번씩 호텔에 투숙
하는 후배가 있다. 직장생활 8년 차인 그녀는 사각거리면서
도 포근한 호텔 침구에 몸을 누이는 순간, 세상을 다 가진 기
분이 든다고 했다. 조용한 객실에서 평소 읽고 싶던 책을 읽
거나 서울 야경을 내려다보기도 하고 한참을 멍하니 누워
있기도 하는 그 시간이 열심히 달린 자신에게 줄 수 있는 최
고의 사치이며 위로라고 덧붙였다. 사실 나도 글 작업을 끝
내거나 열심히 내달린 후에 이런 시간을 가지는 걸 좋아한
다. 여유가 넘쳐서 호사를 누리는 것이 아닌 그간 최선을
다해 몰입한 스스로에게 주는 일종의 선물인 것이다.

　'나만의 시간'은 남성들에게도 마찬가지로 필요한 것이
다. '나만의 시간'은 '내가 좋아하는 것에 온전히 집중할 수
있는 시간'으로 확장해서 생각할 수도 있다. 남자는 자신만
의 동굴이 필요하다는 말을 많이들 알고 있을 터, 자신만의
공간에서 나를 위로하는 것은 결혼 유무를 떠나 남녀노소
구별 없이 필요한 시간이다. 이쯤 되니 가장 가지고 싶은 것

이 무엇이냐는 질문에 매일을 촘촘하고 꽉꽉하게 살아내고 있는 모든 사람들의 마음이 투영된 답이 '자신만의 시간'이라는 생각이 들었다.

치열하게 살아오며 타인에게 통제당하고 자기 자신으로부터 외면당해왔던 본연의 감정들을 돌아보고 충전하는 시간은 누구에게나 필요하다. 그런 시간의 가치는 물질적으로 환산할 수 없는 깊이가 있다. 보부아르의 "자기 자신을 포기한 삶에서 벗어나라"라는 말이 건네는 무게와 '자신만의 시간이 필요하다'라고 말하는 무게는 다르지 않다. 지금의 나에게 가장 가지고 싶은 것이 무엇이냐 질문한다면 단 1초의 고민도 없이 시간이라고 답할 것이다.

감사하게도 여전히 하고 싶은 것이 차고 넘친다. 좋아하는 글도 써야 하고 읽고 싶은 책들도 산더미다. 물론 일도 실수 없이 처리해야 한다. 목표로 하는 마라톤 대회가 있기에 일주일에 세 번씩 부지런히 달리기 훈련도 한다. 그러면서도 꽃과 함께하는 시간이 좋아서 한 달에 한 번 꽃을 만지는 시간을 가지고 있다. 거기에 2년간 지속해왔던 '로사밴드'를 다시 하게 되어 보컬 연습도 해야 한다. 철학 인문 도서 관련

독서모임도 뜻이 맞는 분들과 하고 싶어 준비 중이다.

이 모든 것은 해야 해서 하는 것이 아닌 하고 싶어 시간을 들이는 것들이다. 하고 싶은 것들을 하는 것이 남들처럼 살면서 초라해지기보다 나답게 위대해지는 가장 확실한 방법이라 생각한다. 어떤 이들은 뭘 그렇게 바쁘고 힘들게 일을 만들며 사느냐고 묻는다. 산다는 것은 내가 내 자신을 건축해나가는 일이기에 나는 그저 자기 이유를 가지고 매 순간 주어진 시간을 최대한 향유하며 즐기고 있다고 답하고 싶다.

새로운 자극의 시작, 설렘

땔감이 바닥나면 화력이 시원치 않아진다. 글과 말로 생각을 비워내는 일을 하다보니 종종 충전이 필요하다. 색다르게 쓰기 위해 여러 상황을 다르게 보고, 다양하게 들으려고 한다. "새로운 장소는 새로운 생각, 새로운 가능성이다"라는 알랭드 보통의 말이 내 가슴에 꽂힌 것은 우연이 아니다. 여기서의 새로운 장소는 꼭 지금 있는 곳을 떠나 여행하라는 의미는 아니다. 지금의 생활 반경에서도 얼마든지 새로운 장소에 스스로를 데려갈 수 있다.

새로운 자극이 주입되지 않으면 글도 써지지 않고, 말도

할 수 없게 된다. 얼마 전에도 고민하던 것이 풀리지 않아 막연한 울림을 얻고자 강연을 들으러 갔다. 강사는 강의 중간에 "결혼한 지 오 년 이상 된 사람은 손들어보세요!"라고 했다. 그 자리에 있던 대부분의 청중들이 손을 들었다. 그러자 강사는 여전히 상대 배우자를 보면 설레고 가슴 뛰는 사람이 있다면 손을 들고 있으라고 말했다. 대부분이 웃으며 손을 내렸다. 그럼에도 손을 들고 있는 사람들에게 지금도 여전히 가슴이 뛰고 있다면 그건 심장병 초기 증세라는 말로 강연장의 분위기를 웃음으로 이끌어갔다.

사랑의 유효기간이 길어야 삼 년이라고 했던가? 강사의 그 멘트는 시간이 지난 이들에 대해 설렘 없는 일상의 무료함에 대한 이야기일 수도 있고, 설렘의 긴장감보다는 익숙함이 가져오는 편안함의 가치에 대한 이야기일 수도 있다. 해석하기 나름이니까. 이거다 저거다 양분해서 이분법적으로 나누고자 함은 아니다. 어떤 삶을 추구하느냐에 따라 보는 관점이 다를 뿐이다. 때로는 익숙함이 좋지만, 마냥 자극 없는 일상이 반갑지만은 않을 수도 있다. 익숙함이 깊어져 모든 열정과 의욕을 실기(失機)하는 경우도 있기 때문이다. 새로운 자극을 갈구하는 사람에게 있어 익숙한 상황과 현실은 지독한 갈증으로 남는다. 나는 지독한 갈증을 참지 못하는 사람이다. 그래서 늘 새로운 자극을 갈구하고 추구하는 삶을 살고자 하는 편이다.

첫 사랑, 첫 여행, 첫 도전, 첫 키스, 첫 직장, 첫 자동차, 첫 책 등 '처음'인 모든 것은 나에게 엄청난 의미와 성장을 가져왔다. 우리의 삶 자체가 새로움의 연속이다. 새로운 장소에 가고 되도록 많은 경험을 하며 처음 맞이하는 모든 것들이 주는 설렘을 느끼고자 한다. 물론 인스턴트식으로 무언가에 빠졌다가 금방 식어버리는 것을 추구하는 것이라는 오해는 하지 않길 바란다. 오랜 시간 이어가고 있는 취미나 관계 속에서도 얼마든지 새로운 설렘을 경험할 수 있다. 단지 현실에 안주하는 것을 경계한다는 말이며 한 가지로 규정됨을 경계한다는 뜻이다.

그래서인지 현실에 안주하며 정해진 길을 가는 이들보다 새로운 미지의 세계를 개척해나가는 자신만의 스토리를 지닌 사람들을 보면 엄청난 설렘을 느낀다. 그것이 내가 추구하는 삶이기에 나답게 나의 이유로 사는 사람을 보면 힘을 얻게 되고 존경의 눈으로 바라보게 된다. 처음 가는 길

위에서 많은 고난과 상처가 있을지라도 자신의 길을 길들이며 나아가는 사람들에게서 느껴지는 아우라가 있다. 역경을 이겨낸 사람들만이 가지고 있는 엄청난 경력과 경험을 가까이에서 보는 것만으로도 설렘은 증폭된다.

그런 역경을 이겨낸 모든 것(사람이나 사물, 사건)이 정말 사랑스럽다. "인생은 한 권의 책과 같다. 어리석은 사람은 아무렇게나 책장을 넘기지만 현명한 사람은 공들여 읽는다. 왜냐하면 그들은 단 한 번밖에 그것을 읽지 못함을 알고 있기 때문이다"라는 장 파울의 말처럼 그들은 삶의 매 순간에 최선을 다하는 사람들이다. 이 설렘이 사랑인지, 사랑이 설렘인지 헷갈리기도 한다. 남과 같아지기 위해 애쓰기보다 자신만의 역사를 써 내려가는 사람들을 만날 때 생성되는 시너지를 지속적으로 경험하고 싶다.

《근사록》에 "세상 만물의 이치상 고립되어 있는 것은 아무것도 없으며 모든 것에는 반드시 상대가 있는 법이다"라는 말이 있다. 한 사람이 주변에서 만나는 각종 '사건'과 '상대'야말로 그것의 존재와 생성을 위한 불가결의 조건이 아닐 수 없다. 사람의 본질을 알고자 할 때 그 사람의 내부에만 집중하기보다 그 사람의 존재를 지탱시켜주는 바깥의 조건들을 함께 살펴보지 않으면 안 됨을 말해준다. 나에게 있어 존재를 지지해주고 지탱해주는 그 상대가 자기의 삶을 통과해 나온 언어로 자신의 이야기를 하는 사람이다.

만나야 할 사람이라면 반드시 만나게 되어 있다. 사람은 그렇게 내게 다가온다. 함께함으로 설렘은 배가 된다. 함께 있다는 것은 우리에게 있어 혼자 있을 때처럼 자유로우며, 동시에 여럿이 같이 있을 때처럼 즐거운 것을 의미한다. 현실에 발붙이고 있으면서 이상을 꿈꾸는 철없는 사람으로 보인다는 말을 듣기도 하지만 다른 사람의 시선이 두려워 내가 원하는 것을 이루지 못하는 실수는 더 이상 하고 싶지 않다. 내가 만족하는 내 삶을 위해 설렘을 주는 사람들과 교섭하고 교류하며 삶이라는 여행을 멋지게 영위하고 싶을 뿐이다.

그런 에너지를 지닌 일행과 함께 일본 와카야마에서 열리는 우메노사토 트레일런 대회에 참여하게 됐다. 평소에는 각자의 위치에서 본업에 충실한 삶을 살며 새로운 도전을 통해 미지의 세계를 개척하고 자신이 원하는 것을 성취하는 사람들과의 시간은 행복 그 자체였다. 생경한 곳에서 달리며 생동감이 피어났고 살아 있음을 느꼈다. 일상의 소중함도 필요하지만 종종 일탈의 설렘과 함께이고 싶다는 다짐을 했다. 뜨거운 물에 국화꽃 한 송이를 띄우면 국화차 전체가 살아나 은은한 향기를 내는 것처럼 일상에서 설렘이 하는 일도 그와 같다. 은은하지만 깊은 생명력을 되살리는 일이다.

그런 새로움에 스스로를 데려가는 일을 두려워하지 않는 사람들과 이 설렘을 오래 나누고 싶다. 다행히 지금 내 곁엔 그런 설렘을 함께 나누고 공유하는 사람들이 있다.

사랑은 명사가 아니라 동사

탱글탱글하게 살이 오른 꼬막이 푸짐하게 올라 있는 꼬막 비빔밥에 깔끔한 맛이 일품인 복국, 김장철도 아닌데 싱싱한 생굴에 여러 반찬들이 놓인 저녁식탁을 보고 "오늘 무슨 날이야? 손도 아프면서 이게 다 뭐예요"라고 어머니께 물었다. 그때 돌아온 어머니의 말씀. "오늘? 너 있는 날"이라며 웃으신다. 잦은 지방 일정으로 저녁을 함께하는 날이 거의 없었던 달이었다. 매번 이동 중인 딸에게 전화를 걸어 "딸래미 밥은?"이라며 다 큰 딸의 끼니를 걱정하시고 궁금해하시는 부모님의 마음을 느낄 때마다 가슴 끝이 뜨거워진다. '밥은 먹었어?' 이 한 마디에 24시간 딸 생각뿐인 부모님의 사랑을 느끼기 때문이다.

강연 중 가끔 청중에게 받았을 때 가장 기분 좋은 선물이 무엇인지에 대해 질문한다. 저마다 받고 싶거나 가지고 싶은 무언가에 대해 말을 한다. 돈, 자동차, 가방 등 다양한 답이 나온다. 청중의 이야기를 다 들은 후 '마침'이라는 단어를 화면에 띄운다. 값어치를 떠나 '마침' 필요한 것을 받았을 때의 행복에 대해 이야기를 하면 청중들의 끄덕임이 파도타기처럼 퍼진다. 마침 목이 말라 있는데 친구가 내미는 생수 한 잔에도 마음이 따뜻해진다. 손이 건조한 상태에 놓일 때 건네주는 동료의 몇 천 원짜리 핸드크림 역시 몇 배의 감동으로 다가온다. 왜? 마침 나에게 필요한 무언가를 줄 수 있다는 것은 상대가 평소에 나에게 얼마나 많은 관심을 기울이고 있는지를 알게 해주는 지표이기 때문이다.

아버지 생신 때 지갑을 선물해드렸다. 평소에도 워낙 검소하시고 패션에 대해 알지 못하셔서 어머니나 내가 챙겨드리기 전에는 떨어지고 헤진 것들을 그대로 사용하신다. 생신 며칠 전 옷장을 보는데 실밥이 터져 삐져나온 아버지 손때가 묻은 지갑을 보며 잠시 짠한 느낌을 받았었기에 고민

없이 선물로 준비했다. 아버지는 "마침 이게 필요했는데 어떻게 알았어?"라며 웃으셨다. 최고의 표현에 나 역시 행복했던 기억이 있다. 즉 상대에 대한 생각의 양이 사랑이다. 사랑은 思量(사량)이다. 생각의 양, 즉 사랑하면 생각하게 된다. 자식에 대한 사랑, 연인에 대한 사랑, 스승에 대한 사랑을 구별하기 전 모든 사랑은 상대에 대한 관심과 생각에서부터 시작된다는 것은 부정할 수 없는 이치다.

연인 간 사랑의 의미도 크게 다르지 않다. 서서히 서로에게 물들어가는 사랑, 한눈에 불꽃이 일어나는 사랑, 늘 가까이에 있어 몰랐는데 알고 보니 사랑이었네 등등 사랑은 여러 형태로 나타났다 멀어져간다. 왜 상대에게 끌리는지, 어떤 이유로 서로를 갈망하게 되는지에 대한 뾰족한 답이 없고 일반적인 데이터가 없기에 사랑은 늘 새롭고 매번 다르다. "어떤 사람이나 존재를 몹시 아끼고 귀중히 여기는 마음이나 그런 일"을 의미하는 사전적 정의와 더불어 변하지 않는 의미가 있다면 상대에 대한 관심의 양이 곧 사랑이라는 것이다.

사랑하면 생각하게 되고 자주 연락하게 되고 상대의 연

락에 피드백이 빠를 수밖에 없다. 연락이 뜸해지고 밥은 먹었는지 잠은 잘 자는지 궁금하지 않으며 혼자 있는 시간이 편해진다면 사랑이 식어가고 있다는 것이다. 벅찬 환희로 시작된 '사랑'의 공통점이 이별이라는 게 조금 슬프긴 하지만 이별은 헤어지는 것이 아닌 멀어지는 것이라고 한다. 처음과 같은 사랑의 크기를 유지하며 영원성을 지켜가는 것은 어려운 일이다. 완전히 불가능한 것은 아니지만 이루기 어렵다는 것을 부정하지 않는다. 아직까지는 내 주변에서 그런 사랑을 하고 있다는 사람들을 본 적이 없다.

물론 나는 염세주의의 입장은 아니다. 사랑의 감정이 시간에 무뎌지고 일상에 매몰되어가는 것이 가슴 저미게 슬프지만 의연히 받아들이고 인정할 뿐이다. 내 감정이, 상대의 마음이 결코 한결같을 수 없음을 말이다. 다시 돌아가 매번 아프지만, 또다시 누군가를 만나 상처를 치유하고 또다시 사랑을 하는 사람들에게 있어 사랑은 어떤 의미일까에 대해 생각해봤다. 그리고 깨달았다. 두 우주가 만나 이뤄내는 심오하고 신비한 감정을 한 문장으로 정의하려 했던 것이 일종의 오만임을 말이다.

사랑은 명사가 아닌 동사다. 오로지 내 앞의 한 사람만 보이고 상대에게 집중되는 상태다. 중간의 모든 단계가 생략된 듯 어제 봤지만 오래전부터 알고 있었던 느낌으로 다가오는 사람을 통해 이런 게 바로 운명이며 진정한 소울메이트를 만났다며 한껏 들뜬 마음을 표현한다. 이번만은 확실하다며 내 느낌을 믿어본다. 설명할 수는 없지만, 자신의 감정을 잘 모르겠지만 그냥 좋은 느낌이 서로를 끌어당긴다. 둘 사이에 작용하는 중력이라는 표현 말고는 설명할 길이 없다. 내 사랑의 시작점은 눈과 뇌가 끌리는 이성적 호기심이 아닌 마음의 끌림이다. 그저 사람 자체가 좋은 것이다. 외모나 조건이 아닌 닮은 영혼을 서로에게 발견하는 것. 이렇게 운 좋게 영혼의 주파수가 비슷한 누군가와 사랑을 하게 되더라도 적당히 충돌을 조절해야 하고 매일이 새롭진 않더라도 서로에 대한 관심과 생각이 신선한 자극이 되어 둘 사이에 흘러 넘쳐야 군내 나지 않는다.

"당신이 슬픔이나 회한 같은 걸 하나도 지니지 않은 여자였다면, 당신을 이토록 사랑하지는 않았을 겁니다. 나는 발을 헛디뎌보지 않은 사람을 사랑하지 않습니다." 보리스 파스테르나크의 소설 《닥터 지바고》에서 주인공 유리 지바고

가 파란만장 한 삶을 사는 여인 라라에게 한 말이다. 등 뒤의 애잔함이 눈앞의 찬란함을 더욱 의미 있고 가치 있게 만드는 것. 그마저도 관심을 가져주고 상대를 안아주는 것. 그것이 우리네 삶이다. 그리고 그 애잔함을 보듬어주고 서로에게 마음의 안식처가 되어 주는 것이 사랑이다. 지금의 나는, 당신은 사랑하고 있는가? 가까이에 있던 멀리 떨어져 있던 서로를 생각하고 그리워하고 있다면 그것은 감히 사랑이라 말할 수 있다.

나를 비추는 특별한 거울

　어머니를 모시고 서울대병원으로 향하는 길이었다. 조수석에 앉아 계시던 어머니는 슬그머니 조수석 위 보조 손잡이를 꽉 움켜잡으신다. 그러더니 "아빠 차를 타면 답답해 죽겠고, 네 차를 타면 무서워 죽겠다"라며 한 말씀 하셨다. 아버지가 워낙 안전하게 운전을 하시는 타입이라 가끔씩 내 차를 탈 때면 어머니는 늘 어딘가 불편해 보였다. 아차! 싶어 더 천천히 조심스럽게 차를 몰아 병원으로 향했다.

　가습기 살균제의 피해자로 인정받은 어머니는 5년 이상을 폐질환으로 고생하셨다. 한 달에 두어 번씩 치료와 검사를 위해 참 많이도 오갔던 길이다. 그날은 가습기 살균제 피해자 확인을 위해 관련된 절차에 따라 진료를 받아온 서울대병원에서 증상 정도와 현재 상태에 대한 검사를 받으러 가는 길이었다. 지난 2016년 4차 피해 접수기간에 피해신고를 했고 실사를 나와서 당시 가습기가 놓인 위치, 부모님의 잠자리 등 환경 조사를 해갔다. 그리고 2019년 최종적으로 피해자임이 입증됐다. 개인의 아픔은 결코 개인의 것이 아니다. 가족 전체의 상실이자 슬픔이 된다. 어머니도 우리도 그동안 참 마음고생이 많았다.

어머니가 진료를 받으시는 동안 병원 안내 벽보에 '미생에서 완생으로'라는 제목의 윤태호 작가의 강연회 포스터가 있는 것을 발견했다. 검사 후 주차장으로 가는 동안 각 층마다 강연 관련 포스터가 눈에 들어왔다. 《이끼》,《미생》 등의 작품으로 유명한 윤태호 작가의 이야기를 들을 수 있다는 생각에 들떠 날짜부터 체크해봤다. 그리고 며칠 후 강연 날이 됐다. 미지(未知)의 이야기를 들을 수 있고 경험할 수 있는 순간은 나에게 기쁨이기에 들뜬 마음이었다.

나는 40분 일찍 강의 장소에 도착했다. 강연장 앞에서

분주하게 준비하던 담당자가 나를 발견하고 "일찍 오셨네요. 강의 들으러 오셨죠? 여기에 사인을 하거나 사원증 찍고 들어가시면 됩니다"라며 말을 건넨다. 그러고는 잠시 자리를 비운다. 순간 여러 생각이 든다. 사원증? 사인? 직원 대상의 강의였나? 그냥 살짝 들어가 앉아 있어도 모를 텐데 그냥 들어갈까! 그래도 이야기는 해야 할 것 같아서 앞쪽에 서 있었다. 아까 그 담당자가 와서 샌드위치와 음료를 건네며 다시 들어가라고 한다. 나는 자초지종을 설명했다. 직원은 아니고 어머니 모시고 병원 왔다가 포스터를 봤고 내원한 환자나 보호자에게 열린 강연으로 알고 왔다고 말했다. 다소 난감한 표정을 짓던 담당자는 원래는 직원 대상 특강인데 멀리서 왔으니 시작 시간 8시까지 앞에 서 있다가 자리가 있으면 들어가라고 한다.

강연까지 40분 남짓 남아 있는 시간. 그래도 듣고 싶었다. 작가의 이야기가 궁금했다. 하얀 가운을 입은 의사들과 근무복 차림의 직원들이 강연장 안으로 입장하면서 멀뚱히 서 있는 나를 한 번씩 쓱 보고 들어갔지만 체면이고 뭐고 간에 듣고 싶은 강연이고 만나고 싶은 사람이기에 아랑곳하지 않고 기다렸다. 어느새 8시가 됐다. 문을 닫으려고 하기에 잠시만요, 하고 외치며 강연장으로 들어갔다. 제법 규모가 있는 강연장 뒤쪽으로는 빽빽하게 차 있었지만 앞쪽 두세 줄은 비어 있었다.

어딜 가나, 어느 대상으로 강의를 하나 앞자리를 피하는 것은 다 똑같은 모양이다. 두 번째 줄 가운데 가장 좋은 자리에 앉은 나는 묘한 성취감에 절로 미소가 지어졌다. 이 시간을 마음껏 만끽할 자격이 있다며 스스로를 독려했다.

곧이어 윤태호 작가가 무대에 섰다. 그는 "만화를 그린다"라고 표현하지만 "만화는 종합적으로 만드는 것"이라는 말로 강연을 시작했다. 캐릭터를 만들고 생명을 부여하는 과정과 작품 속 인물과 더불어 인물 연보 등을 만들어내는 이야기 등 내가 전혀 알지 못했던 분야에 대한 이야기에 젖어 들어갔다. 초기에 스토리 구성이 탄탄하지 못해 거절당한 이야기와 숱한 실패와 좌절의 순간에 대해서도 들을 수 있었다. 시행착오 끝에 그는 작품 속 스토리를 가장 잘 아는 것에서부터 시작했고 가장 잘 안다는 것은 오랫동안 고민해 온 것과 동일하다고 했다. 윤태호 작가는 자신에 대해 공부해야 한다고 생각했고 자신을 알고 싶었다고 했다.

《이끼》라는 만화도 자신의 경험을 바탕으로 나온 작품이었다. 아버지가 사채 빚을 갚지 못해 야반도주하다시피 내려간 곳이 전라도 군산의 한 시골 마을이었다고 했다. 쓰러져가는 초가집에서 친구도 하나 없이 살았던 그때는 늘 외로웠고 무서웠고 행복하지 않았다고 했다. 그 어릴 적의 환경과 상황에 대한 기억들이 머리에 각인되어 있었고 그것을 바탕으로 《이끼》가 탄생했다고 했다. 한 시간 남짓한 윤태호 작가의 강연을 창작자란 '좋은 거울을 가지고 있는 사람'으로 종합할 수 있겠다. 있는 그대로의 자신을 마주할 것. 두려워하기보다 돌아보는 것. 세상 모든 것에 대해 자신만의 시각을 가질 수 있는 사람이야말로 좋은 창작자가 아닌가라는 생각이 든다.

어머니의 건강악화로 우리 집 분위기는 대체로 우울했고, 아버지의 투자실패로 미래를 걱정하게 됐다. 윤태호 작가처럼 빚 때문에 야반도주를 하진 않았지만 경제적인 어려움 때문에 아버지는 틈만 나면 "내가 조금 더 여유가 있었다면 우리 큰딸 하고 싶은 거 하게 해주고, 가고 싶은 곳 다 보내줬을 텐데"라며 유학 보내주지 못한 자신의 처지를 한탄했고 늘 미안해하셨다. 그때부터 지금까지 9년 동안 부모님께 생활비를 드리고 있다. 한 달에 백만 원이라는 돈은 결코 여유가 넘쳐서 드리는 액수가 아니다. 매월 1일이 어찌나 빨리 돌아오는지 돌아서면 1일인 느낌이 들 때도 있다. 때로는 그 금액을 맞추기 위해 대출을 받기도 한다. 내 생활비를 쪼개고 쪼갠다. 정말 필요한 경비를 제외하고는 최소한의 비용만 지출한다.

강연을 하고 컨설팅을 하며 일을 바삐 진행할 때는 괜찮지만 교통사고가 나서 일을 할 수 없을 때 덜컥 겁이 났다. 내 건강은 둘째치고 부모님이 더 걱정됐다. 그 와중에 대학원 공부를 병행할 때도 특히 경제적인 부분 때문에 어려웠다. 한 학기에 600만 원에 달하는 학비에 기타 경비들까지 숨만 쉬어도 나가는 돈의 액수가 상당했다. 학업에 전념하느라 강연을 안 하다보니 그에 대한 기회비용까지 생각하면 호락호락한 상황은 아니었다. 그래도 아직까지 다른 누군가에게 돈과 관련된 아쉬운 소리를 한 적은 없다. 부족하면 적금을 깨거나 보험 대출을 이용하기도 하며 그저 내가 열심히 살고 노력한 결실로 부모님의 생활과 마음을 편하게 해드리는 것으로 만족한다. 이렇게 할 수 있음이 감사할 뿐이다.

경제적인 어려움, 나에게 벌어진 연이은 교통사고, 하나 뿐인 동생의 암수술 등 어두운 터널과도 같았던 지난날을 가만히 돌이켜본다. 환경을 탓하며 분노하고 좌절했던 그 때의 여리고 어린 내 모습을 마주한다. 하지만 결국엔 생각 해보니 아버지 덕분에 삶을 더 열심히 살아냈다. 열심히 살아낸 덕분에 그 역경이 경력이 되어 내가 이 자리에 있을 수 있음에 감사한다. 누구보다도 행복을 갈망했고 힐링을 원했기에 그것에 대한 답을 찾고자 목말라 있었다. 그렇게 생각하고 질문하고 답을 찾으며 네 권의 책을 쓰게 됐고 가슴 절절하게 이야기를 나누는 사람이 될 수 있었다. 대한민국 최초의 힐링프로듀서 타이틀을 가지고 겉으로만 포장하는 글이 아닌 가슴으로 나눌 수 있는 글을 쓰고자 한다.

결국 그 어려움들을 통과하며 좋은 거울을 가지게 되었다. 그 거울로 자신만 비추는 게 아닌 타인의 입장과 처지를 들여다보고 느끼는 눈과 마음을 품게 되었다. 보여주고 싶지 않았던 것들이 결국 나를 있는 그대로 보여주고 소통하게 하는 통로 역할을 한 것이다. 내가 가장 잘 알 수 있고 오랫동안 고민해온 것들에 대해 부족하면 부족한 대로 드러내고 질타를 받고 각성하고 노력하며 생각을 정리해야겠다.

'좋은 거울을 가지고 있는 사람'이 되어야겠다는 깨달음을
얻은 그 시간, 정말 소중한 경험이다.

마음이 전달되는 데 필요한 조건

그냥 생긴 게 마음에 안 들어.

왜 이렇게 친절한 건데?

왜 착한 척이야?

저 사람 눈빛이 그냥 그래.

목소리는 또 왜 저래?

아무개에 대한 말들이 아무렇게나 흘러넘친다. 막상 들어보면 지극히 개인적 관점에서 느끼는 참으로 사소한 이유들이다. '나랑 맞지 않아' '그냥 좀 별로야'라고 거슬려 하는 수준에서 더 나아가 그걸 근거랍시고 그 사람의 인격과 속

마음까지도 멋대로 추측하고 평가하는 행위를 일삼는다. 살다보면 누구나 자신의 의지와 상관없이 이야기의 중심에 놓이는 경우가 있다. 때로는 동경과 질투의 양가감정에 날카롭게 재단되고 가끔은 환호와 뒷담화 사이를 굴러다닌다.

글을 쓰고 강연을 하면서 대중을 만나고 소통하는 것을 업으로 삼다보니 여러 매체를 통해 기사가 나가고 정보가 공유된다. 그래서인지 나와 관련된 기사나 소개글에 달려 있는 악플을 마주하는 경우가 있다. 미처 읽지 못한 깊은 마음과 미처 보지 못한 다양한 빛깔을 지닌 개인이라는 우주를 잘 알지도 못하면서, 직접 물어보지도 못하면서… 수천 개의 결을 지닌 한 사람의 존재에 대해 단편적인 모습만 가지고 아무개를 아무 개로 전락시킨다. 무언가에 몰입해서 최선을 다하면 "굳이 저렇게까지 열심히 할 필요가 있나?"라고 하고 조금 내려놓으면 "거 봐 믿는 구석이 있으니까 저렇게 마음 편하게 있는 거지"라고 한다. 내 노력에 대해서는 알고 싶어하지도 듣고 싶어하지도 않고, 인정하려 하지도 않더라. 그냥 누군가가 끌어주는 거 아니야, 누구와 그렇고 그런 관계라며, 라는 식의 억측이 어느새 '아무렴 그렇고말고, 아니 땐 굴뚝에 연기 나겠어?'로 수렴한 경우들도 많다. 당시의 당혹스러움과 속상함은 말로 표현할 수도 없다.

물론 주위에서 들려오는 한 마디 한 마디 말에 신경 쓰지는 않는다. 중심을 잡고 내 삶의 가치가 이끄는 방향으로 나아가려고 노력한다. 하지만 그렇다고 해서 억울하고 속상한 감정이 들지 않는다면 거짓말이다. 강한 펀치가 아니더라도 같은 곳을 반복해서 맞게 되면 내부에서부터 멍이 들고 출혈이 일어나게 마련이다. 즉 쉽게 던진 말도 그것이 반복되면 내상을 입게 된다. 어떤 일을 계기로 마음이 무너지게 되면 그런 말들이 칼날같이 파고들어 생채기를 낸다.

하지만 이 역시 관심이라 생각하고 혹시 놓치고 있는 부분은 없었는지 돌아보는 계기로 삼고 있다. 일면식도 없고 말 한마디 섞어보지 않은 사람들의 입에서 나온 별 생각 없이 던지는 말들에 에너지를 뺏기지 말자고 다짐한다. 그렇다고 해서 나는 그런 사람이 아니에요, 라며 스스로 알리고 설명하며 드러내고 싶지 않았다. 어차피 그렇게 해도 그렇게 보는 사람들은 그렇게만 볼 테니까. 내가 취할 수 있는 최대한의 방법을 취하며 꿋꿋하게 내 길을 가며 글과 말과 앎이 배어 자연스레 드러나길 기대할 뿐이다. 드러내기보다 드러나기는 많은 시간을 필요로 하지만, 내가 내 길을 포기하지 않는 이상, 언젠가는 마음이 전달된다는 기대감이 아직 남아 있다. 지금까지 쉬운 길이 아닌 바른길을 걸었다. 그 뒤의 노력으로 상처와 오해를 극복하며 내면의 강함을 키워나가고 싶다.

"더할 나위 없이 아름다운 모든 존재 이면에는 비극적인 그 무엇이 있었다. 누구 하나 눈여겨보지 않는 보잘것없는 꽃 한 송이 피우려고 세상은 그리도 아픈 진통을 겪어야 하는 건가"라는 오스카 와일드의 《도리언 그레이의 초상》의 구절처럼 꽃을 피우기 위한 과정이라 생각하려 한다. 안으로 여물지 못한 사람은 자신을 곧잘 말로 드러낸다. 이는 자신의 한계를 널리 알리는 형국이라 생각한다. 물론 사건과 사안에 따라 초기대응이 중요한 경우들도 있다. 하지만 나는 성향상 저절로 그의 행동과 표정과 배려의 마음이 삶속에서 드러나는 것을 원한다. 어쩌면 스스로 드러내지 않기에 더 많은 억측과 이야기가 도는지도 모르겠다. 드러냄은 의도를 가진 어설픈 헛똑똑이들이 스스로 알리고 보여주는 부족한 습성이요, 드러남은 어떠한 의도 없이 진리 그대로를 보여주는 것이다. 자연스럽게 물들어 배어나오는 것

이다. 아직 안이 단단하게 영글지는 못했지만 드러낼 것인
가 드러날 것인가를 묻는다면 드러남을 기다려 보려 한다.
글로써 나를 토해 언젠가 세상과 통하기를 기대하며 오늘도
글을 쓴다.

글 써도 될까?

"네 마음이 궁금해."

"나도 내가 어떤 마음인지 모르겠어."

"도통 무슨 생각 하는지 알고 싶어."

"생각이 늘 같은 상태로 머물러 있진 않아. 그래서 나도 내 생각을 한 마디로 표현하기 어려워."

"오래 봐왔지만 여전히 너를 잘 모르겠다."

"그치? 사실 나도 나를 잘 모르겠어."

"하아, 참 어렵다. 너란 사람."

"그냥 지금 있는 그대로가 나야. 어렵게 생각하지 마."

말장난 같아 보일 수도 있겠지만 예전에 연인과 나눴던 대화다. 그는 언제나 나를 궁금해했고, 속마음을 알고자 했다. 많은 부분을 공유하기도 했지만, 때론 그를 위해서 속마음을 감춰야 할 일도 있었고, 서로를 위해 알리지 않은 것들도 있다. 나는 모든 것을 함께하고 알리는 것이 사랑의 기본 조건은 아니라고 생각한다. 물론 의리가 전제되어야겠지만 말이다. 어쨌든 일반적인 관계에 있어서 대부분의 사람들은 '나는 너를 궁금해하고 너는 나를 알고자 한다'. 남자는 여자의 속마음을 해석하지 못해 전전긍긍하며 늘 시험에 놓인 기분이 들고 여자는 자신의 속마음을 몰라주는 남자에게 꿀밤 열 대를 때려주고 싶은 심정이 들기도 한다. 뒤늦게 부모님의 속마음을 알고 후회의 눈물을 흘리는 못난 자식들이 있고, 다 안다고 생각하던 친구에게 비밀이 있었음을 알고 배신감을 느끼는 사람도 있다

왜 상대의 속마음이 궁금할까? 왜 서로의 마음을 들여다보려고 할까? 사랑하기 때문이다. 사랑하기에 궁금한 것들이 많아진다. 내 삶의 영역을 상대에게 기꺼이 내주고 싶은 마음이 커질수록 상대의 마음을 알고 싶어하는 욕구가 생기는 것은 당연하다. 하지만 우정이나 사랑은 상대를 '다 안다'

혹은 '다 알아야 한다'라는 인식을 강하게 작동시키기보다는 '알지 못함', '알 수 없는' 즉 미지의 차원을 끊임없이 남겨놓고 받아들이는 것임을 인정해야 한다. 속마음은 겉으로 드러나지 않은 마음이기에 그 마음의 주체인 당사자도 자신에 대해 모르고 있는 것들이 많기 때문이다.

내 마음은 고정되어 있지 않기에 시시때때로 변한다. 어제와 오늘의 마음이 다르고 아침의 마음과 저녁의 마음도 같지 않을 때가 많다. 하지만 가만히 잔잔하게 들여다보면 그 아래 숨어 있는 참마음을 읽을 수 있다. 나는 내 속마음을 알고 싶을 때 글을 쓴다. 묻어놓고 외면하며 차마 달래주지 못한 일들과 감정을 글로써 달래주는 경우도 있고, 복잡하게 엉켜 머리를 짓누르는 생각들에 대해 스스로 정리를 하는 과정이기도 하다. 즉 글쓰기는 내가 나에게 하는 고백일 수도 있고 그 누군가를 향한 수줍은 마음의 표현일 수도 있다.

'기쁨을 나누면 배가 되기보다 질투가 되고, 아픔을 나누면 반으로 줄기보다 약점이 된다'는 말이 있듯 어떤 방식으로든 속마음을 드러내는 것은 가장 여리디여린 살을 보여줌

이며 나의 존재를 너에게 오롯이 드러냄으로 가까워지고 싶다는 마음의 표현이다. 앞으로도 어떤 글을 쓰던 말과 글과 삶이 일치할 수 있도록 나아가고자 한다. 지금의 내가 통과해온 내 삶이기에 잘 이겨낸 모습으로 오히려 당당하게 담고자 한다. 이로 인한 연민과 동정, 혹은 날 선 시선과 편견 앞에서 의연하고자 한다. 때로는 내 부족한 글이 모든 건 표현하지 못할 수도 있지만 글을 통한 내가 나에게 하는 고백과 누군가에게 전하는 사과이기도 하니 다소 투박하더라도 오늘도 용기 내며 글을 쓴다.

사람과 책과 글이 나를 살렸고 결과적으로 나는 어둠을 잘 통과해왔다. 앞으로도 어떠한 시련이 다가올지는 바닥을 뚫고 뚫고 내려가다 정말이지 더 내려갈 곳이 없을 때 올라갈 힘이 생김을 안다. 나는 이것을 피상적으로 느끼는 게 아니다. 몸으로 마음으로 앓아서 알아낸 것이다. 아름다움은 앓음다움이라는 말이 있다. 나는 그래서 상처투성이의 마음속 감정에게 충분히 아름답다라고 말해주고 싶다. 죽을 만큼 아파봤다는 건 죽지 않고 살아남은 사람들이 할 수 있는 말이다. 시몬 베유는 고통의 악순환은 가장 약한 자를 독살시킨다. 그러나 인간은 고통을 은총으로 바꾸는 힘을 가지고 있다는 말로 우리를 위로한다. 아! 우리는 고통을 은총으로 바꿔가는 여정에 있구나. 아직 완전하지는 않지만 그런 삶을 살기 위해 그래도 한 발 한 발 나아가고 있구나를 느낀다.

　내가 경험한 상처와 극복해온 경험이 있기에 타인의 아픔을 공감하고 곁에 있어줄 수 있는 사람이 되어 있음에 감사하다. 어떤 이는 내 글이 나이에 맞지 않게 무겁다. 혹은 눈빛이 많은 것을 담고 있다고 느끼기도 한다. 억지로 만들어낸 것이 아닌 내가 내 삶을 관통하며 경험해서 얻어진 것이다. 아파봤기에, 그 누구보다 힐링을 원했기에 힐링프로듀서라고 스스로를 지칭하며 활동했다. 존재를 불태워 온기를 나눌 수 있는 사람이 되는 것이 내 소명이자 소망이다. 그것을 선포하기 위해 오늘도 나는 이렇게 내 마음을 고백한다.

인간을 좋은 사람과 나쁜 사람으로 나누는 것은 무의미하다.
인간은 매력이 있는가 없는가 둘로 나누어질 뿐이다.

— 오스카 와일드(Oscar Wilde)

제2장

매력이 넘치는 방법

아름다움의 기준

고등학교 때 방송반 아나운서로 활동했다. 점심때면 내 목소리가 각 반의 스피커를 타고 흘러나왔다. 축제의 꽃인 방송제 준비로 방송국 출입을 하며 연예인이나 유명인사들의 축하 메시지를 담아왔고, 조회 시간에 굳이 운동장 땡볕에 서 있지 않아도 되는 특권 아닌 특권을 만끽했던 기억이 있다. 당시 남녀 비율 반반으로 신입생 여덟 명을 선발하는데 무려 백이십 명이 지원할 정도로 경쟁이 치열했다. 방송반에 정말 들어가고 싶어 면접 때 중학교 때 배운 판소리까지 하며 열심히 하고 싶은 의지를 불태웠다. 그토록 방송반에 기를 쓰고 들어가려 했던 이유는 좋아하는 남학생이 지원을 한다고 했기 때문이다. 그와 함께 3년간 같은 동아리에서 활동을 하고 싶다는 지극히 이성에 대한 관심이 높았던 십대의 감정에 충실한 선택이었다. 결과적으로 둘 다 합격했고 함께 활동하며 제법 친해졌다. 나는 당시 인기 팝송이 담긴 CD와 장미꽃을 그 친구에게 내밀었다. 돌아온 대답은 "나 너 안 좋아해, 너 여드름 난 거 싫어"라며 내가 내민 선물들을 방송실 테이블에 놓고 나가버렸다.

이상하게 좋아하는 감정이 거절당한 것보다 여드름 때문에 싫다는 그의 말이 더 마음에 꽂혔다. 이십대 초반까지만 해도 가끔씩 정지화면처럼 꿈에도 그 장면이 등장하곤 했었다. 사춘기 시절, 감정이 유리같이 깨지기 쉬운 때에 들었던 그 말이 당시의 나에게 상처로 남았었나보다. 사실 그 전까지는 그렇게 여드름이 신경 쓰이지 않았다. 청소년 시기에 자연스레 나는 거고 때가 되면 없어진다고들 하니 그냥 그런가보다 하고 지냈었는데, 좋아하는 남학생에게 들었던 그 말이 나를 콤플렉스 덩어리로 만들어버렸다. 타인의 몸, 특히 여성의 외모에 대해 혹독하게 미적 억압을 하는 세상에서 과연 백퍼센트 자신의 몸에 만족하는 사람이 얼마나 있을까? 그때는 그런 걸 올바르게 생각할 수 없는 상태였다.

애교스럽게 이마나 볼에 한두 개 났던 여드름을 손으로 잡아 뜯고 무리하게 짜내다가 염증이 번졌다. 여드름은 빠른 기세로 얼굴 전체로 영역을 확장했다. 여드름이 번진 얼굴 피부 톤은 울긋불긋 그 자체였다. 너무 속상했고 신경이 쓰였고 무엇보다 염증 가득한 피부가 무척 아팠다. 피부 상태가 심각해지자 대학 가면 다 없어진다고 괜찮다 하셨던 부모님이 먼저 나서서 나를 병원으로 데려갔다. 열기가 올라 그런 것 같다고 한약을 먹기도 했고 여드름의 원인이 되는 피지를 말리는 로아큐탄이라는 독한 약을 먹기도 했다. 피부과 치료를 받고 나오면 얼굴은 벌이 쑤셔댄 듯 더 가관이 됐다. 하루는 한의원에 갔는데 여드름 변병마다 주사를 놓는 치료를 받게 됐다. 치료 후 거울을 보니 주사를 놓은 곳마다 피가 흐르고 있었다. 괴기스러웠고 내 얼굴이 혐오스러웠다. 잘못된 시술 탓인지 여드름이 있던 곳은 붉은 자국들이 대신하게 됐다. 한창 학업에 신경을 써야 하는 나이에 나는 피부 콤플렉스에 시달렸다. 내 기준이 아닌 타인의 기준에 나를 맞추는 것이 얼마나 허무하고 상처가 되는 일인지를 조금 일찍 깨닫게 된 것 같다.

고등학교 3년 동안 지긋지긋한 여드름과 툭하면 붉어지

는 피부 때문에 외모 콤플렉스에 시달렸다. 사실 친구들이나 주변에서 아무도 그렇게 보지 않는데 내가 내 자신을 혐오했고 미워했다. 부모님이 원망스럽기까지 했다. 물론 이런 과정을 거치며 가장 아름다운 모습은 내가 나를 인정하고 스스로를 사랑할 때 발현된다는 것을 알게 됐지만 말이다. 타인의 시선으로 만들어진 정형화된 미의 기준을 버리고 남이 아닌 나를 위해 건강한 몸과 예쁨을 추구하는 것의 중요성을 알게 됐다. 자신에 대한 긍정적인 마음이 신체적이든 정신적이든 자존감을 한층 높여주며 자신이 얼마나 더 매력적일 수 있는지 보여준다는 것도 알게 됐다.

아름다움에 대한 관심이 점점 높아지고 있는 지금이다. 초등학생들도 자신만의 화장품 파우치를 가지고 있다는 사실에 새삼 놀란다. 얼마 전엔 한 후배가 "언니, 저 얼굴을 놓고 왔어요"라고 해서 그게 무슨 말인지 되물었다. 화장품 파우치를 집에다 놓고 나왔다는 의미라고 한다. 젊고 아름다운 것에 열광하고 그것을 상품화하려는 상업적인 마음을 버리지 않는다면 앞으로도 미(美)를 추구하는 것이 사회적 트렌드로 유지될 수밖에 없다. 방송을 통해 혹은 SNS에서도 세대를 막론하고 성별과 관계없이 젊음과 아름다움 그리고 건강 등 외모와 신체에 관한 사진과 이야기가 넘쳐난다. 물론 타인에게 보여지는 것에서 완전히 자유로울 수 없다. 외모를 아름답게 보이기 위한 현대인들의 관심과 노력은 콤플렉스를 야기할 만큼 심각하다. 많은 사람들이 매스미디어에서 조장하고 이야기하는 아름다움의 기준에 도달하기 위해 외모를 가꾼다. 아름다워 보이는 것이 권력인 양 맹목적으로 달려든다. 최근에 눈 성형을 한 후배를 만났는데 그녀는 웃는 얼굴로 "언니, 저 쌍꺼풀을 강남에서 새로 샀어요. 어때요?"라고 말한다. 얼굴도 몸도 새로 살 수 있다는 발상에 뜨끔해졌다.

외적인 미(美)를 위한 성형수술을 비난하고자 하는 것은 아니다. 나 역시 성형을 한 경험이 있다. 위 후배의 말을 빌린다면 '코를 새로 샀다.' 그것도 한 번이 아닌 두 번. 그 경험을 통해 느낀 바를 이야기하려고 한다. 이십대 초반에 여러 매체를 통해 아름다움의 기준을 잘못 인식하게 됐다. 보여지는 것에 대해 집중하고 집착했던 시기였는데 얼굴에 비해 코가 크다고 생각했고 조금 더 날렵하고 오똑해지길 바랐다. 외모 콤플렉스 1차 여드름 사태와 마찬가지로 한번 눈에 들어온 결점은 자꾸만 거슬리는 법이다. 코에 내 삶의 중심이 가 있던 그때, 결국에는 부모님을 설득하고 수술대에 올랐다. 원수를 사랑하라, 자식은 원수다, 고로 자식을 사랑한다. 부모님은 딸래미의 선택이 못내 걱정스럽고 못마땅하셨지만 수용해주셨다. 단 늘 이 말씀을 했다. "선택하라, 자유롭게. 다만 그 선택에 대해 아무도 원망하지 말 것. 책임은 본인이 지는 거야"라고 말이다. 어릴 때부터 그런 선택의 자유를 허락받은 덕분에 지금도 자유로운 사람으로 살고 있다. 물론 책임의 장본인이 나이기에 마냥 방종이나 막사는 삶은 아니다.

암튼 난생처음으로 수술대에 올랐다. 중요한 건 고생은 고생대로 했는데 수술 결과는 만족스럽지 못했고 결과적으로 구형구축이라는 부작용을 얻었다. 수술한 부위에 산소공급이 원활하지 못해 연골을 이식한 부위의 피부가 쪼그라드는 현상이 생긴 것이다. 시간이 지날수록 구축현상은 심해졌다. 일상생활이 어려울 정도로 코끝이 변형되어갔다. 사람들이 내 코만 보는 것 같았고 외모에 대한 스트레스는 수술 전보다 훨씬 심해졌다. 재수술이 시급한 상황에서 한 번 실패한 병원에서는 받고 싶지 않았기에 여러 병원을 다니며 상담했다. 수술이 가능하다는 곳이 없었다. 괜한 문제를 만들고 싶지 않았던 탓일까, 정말 수술이 불가능했던 것인지는 잘 모르겠지만 다섯 군데의 병원에서 수술할 수 없다는 말을 들었다. 평생 이렇게 살아야 하나라는 생각에 우울한 마음이 커져만 갔다.

많은 사람들이 이처럼 성형수술 이후에도 수술 결과에 대한 불만족을 경험한다. 심각한 경우 '성형중독'에 빠진다. 또는 수술 부작용으로 인해 고통을 받거나 일상생활이 어려울 정도의 우울증이나 심리적 부적응을 겪기도 한다. 내 경우에는 천만다행으로 마지막에 찾아간 병원에서 수술이 가능하다는 말을 들었고 재수술을 하게 됐다. 그때 내가 한 말이 무엇인지 지금도 생생하게 생각난다. "그냥 원래대로만 돌아가게 해주세요"였다. 다행히 수술은 성공적이었고 본연의 모습으로 잘 복원(?)이 됐다. 그때 알았다. 가장 아름다운 것은 조화와 균형이 맞는 원래 내 얼굴이라는 것을 말이다. 오뚝하고 날렵한 코가 누구에게나 어울리고 예쁜 것이 아님에도 잘못된 미에 대한 기준이 박힌 나는 그것을 원했다. 결과적으로 심각한 부작용을 겪었고 극심한 스트레스에 시달렸다. 심리적 부적응을 경험했던 쓰디쓴 기억이지만 건강한 몸과 자기 자신을 사랑하는 마음을 통해서만 진정으로 행복해진다는 것을 알게 된 소중한 경험이었다.

　　우선 외모에 대한 잘못된 인식의 개선이 우선시 되어야
한다. 완벽한 외모와 몸매에 붙는 '마네킹 몸매', '바비 인형'
이란 수식어는 어떤 기준에서 나온 말이며 누가 그것을 제
시하고 있나? 당신은 거울에 비치는 자신의 몸에 과연 만족
하고 있는가? 이런 문제의식 없이 각종 미디어와 광고의 홍
수 속에서 각종 매체가 제시하는 미의 기준을 당연하게 받
아들이며 살고 있는 것은 아닐까? 그뿐만 아니라 미디어에
의해 만들어진 비현실적인 미의 기준을 바탕으로 내 몸은
아름답지 않다는 부정적인 메시지를 스스로에게 계속 보내
며 스트레스를 유발하고 있지는 않은가? 우리가 아름다운
몸매가 될 수 없는 이유를 찾자면 끝이 없다. 각양각색, 천차
만별인 사람 수만큼 타고난 몸의 모양도 다양하다. 그런데
완벽한 몸에 대한 하나의 기준이 세워지면 그렇지 않은 몸
은 모두 고쳐야 하는 오답이 된다. 더불어 기준에 맞도록 고
쳐질 수 없는 부분은 단점의 집합으로만 남는다. 이분법적
이데올로기가 발생하는 것이다. 우리 존재 자체를 감추고
보완하고 고쳐야 할 오답 인생으로 살지 말자. 우리 사회가
제시한 미적 기준에서 철저히 소외된 그때 자존감도 자신감

도 바닥을 쳤었다.

　너무 살이 쪄서, 너무 말라서, 키가 작아서, 배가 나와서, 신체 비율이 좋지 않아서 '나는 정답이 될 수 없다'고 스스로를 비하하고 자신의 몸을 사랑하지 않는 사람이 어떻게 행복할 수 있겠는가? 신체 조건에 따라 체질에 따라 환경에 따라 아름다운 신체에 대한 기준이 달라져야 한다는 걸 조금 더 일찍 알았더라면 어땠을까? 아름다움의 기준은 타인이 아닌 자신이 찾는 것이다. 몸과 마음의 건강 밸런스를 잘 유지하는 상태가 외면도 내면도 아름다울 수 있다. 외면적인 조건에 나를 끼어 맞추려는 노력보다 내가 나를 존중하려는 마음가짐이 필요하다. 무엇보다도 타인의 존중을 받는 것 이전에 내가 나를 사랑해야 한다. 더불어 지금의 이상적인 몸이라고 말하는 아름다움의 기준에 맞는 몸이라 해도 그것이 건강을 보장하지는 않는다는 것도 깨달아야 한다.

불타는 열정

강연장에 들어섰다. 공간을 채우는 피아노 선율이 귀에
감기며 나를 반긴다. 벽면 전체가 통유리로 되어 있는 곳이
다. 하늘과 바다가 맞닿아 온통 파랗게 넘실댄다. 풍경을 보
고 있노라니 자꾸만 정신이 창밖으로 달아나려고 한다. 이
순간, 일과 휴식의 경계가 허물어지고 무의미해진다. 나에
게 일을 향유하는 방식은 이러하다. 일이 곧 놀이요, 그 자체
로 나를 표현하고 있다. 이런 직업을 가지고 있다니 이것은
정말 축복이다.

강연을 할 때 '그분'이 오신 듯 무대를 날아다닌다. 그 순

간 내 안에서 에너지가 흘러넘친다. 강연이 끝난 후 열기를 못 이겨 방출된 땀들로 옷이 젖어 있기도 한다. 격한 운동 후 땀을 빼고 나면 몸이 개운해지는 것처럼 강연 후 강연장을 나설 때 그 공기가 너무나 상쾌하게 다가온다. 그 순간 분명 에너지를 쏟았는데 쏟은 것 이상으로 몸과 마음이 채워져 있는 것을 느낀다.

열정(熱情)의 열(熱)은 '더울 열' 자로 뜨거운 기운이 물체 안으로 들어가 물리, 화학적으로 반응해 열을 내는 것이다. 정(情)은 '마음의 작용'으로 사람들이 어떠한 대상에 대해 느껴지는 마음을 의미한다. 다시 말해 열정은 어떤 대상에 정(情)을 쏟으며 집중하고 열나도록 느끼는 마음이다. 뜨거운 정이 사람에게로 향하든 자신이 추구하는 목표로 향하든, 열정은 뭔가를 해내고야 말겠다는 불굴의 의지의 또 다른 표현이다. 글을 쓸 때도 거기에 집중하고 몰입하는 것은 마찬가지다. 먹지 않아도 배고프지 않고, 자지 않아도 졸리지 않는 상태에 빠져든다. 부동의 자세로 앉아 점심을 거르면서 집중하는 그 시간이 정말 행복하다.

물론 치열한 경쟁으로 서로를 깎아내리는 의미 없는 싸움에 휘말리기도 하고, 장거리 이동에 대한 육체적인 부담도 있다. 거기에 콘텐츠 개발을 위한 많은 노력과 시간이 들어간다. 일이 없을 때는 불안함 대신 준비하는 마음으로 그 시간을 잘 보내야 한다. 글을 쓸 때도 마찬가지다. 소화불량과 만성 목 통증이 온다. 무얼 하지 않아도 해야 한다는 강박을 쉽게 떨쳐내지 못한다.

프리랜서는 시간이 프리해서 좋은 직업이나, 스스로 노력하지 않으면 평생이 프리해지는 잠정적 실업 상태에 놓인 것을 의미하기에 그렇게 멈춰본 적 없이 달린 것이다. 마냥 즐거운 건 아니지만 고통마저도 행복으로 승화시키는 '별 생각 없는', '깊이 생각하지 않는' 성격 덕분에 결국엔 좋은 기억만 남는다.

행복한 인생을 살기 위해, 혹은 내 전공을 살리기 위해, 또는 내 역량을 발휘하기 위해, 가족의 안위를 위해서 우리 모두는 열심히 일을 한다. 그러나 늘 통장을 거쳐가는 월급에 맥 빠지고, 언제 나가게 될지 몰라 불안한 고용환경에 놓여 매사가 살얼음판을 걷는 기분이다. 자영업을 하는 사람들도 상황은 매한가지다. '비싼 감옥'에 스스로를 옭아매고 있는 기분이 들기도 하고 한 달에 한 번 월세 내는 때는 너무나 빨리 다가온다. 신경증에 걸릴 지경이다. 그 와중에 특별히 틀어질 이유가 없는 동료와 소원해진 관계 때문에 신경이 쓰이고 매일 똑같은 일의 연속이다. 점점 매너리즘에 빠지고 일은 점점 쌓여가며 개인은 소외된다. 나는 왜 여기에? 라는 생각으로 늘 사표를 가슴에 품고 있다. 퇴사학교, 퇴사자들의 모임, 퇴사 후 성공한 사람들의 스토리를 들으며 이러한 생각을 더욱 강화시킨다.

지금의 나, 당신은 어떤 시간을 살고 있는지 궁금하다. 빠듯한 오늘을 겨우겨우 넘기고 있는지, 뿌듯한 오늘을 잘 살고 있는지 말이다. 좀 더 예민하게 이를 관찰하고, 좀 더 주체적인 삶을 살아야 한다. 주 52시간이 정책적으로 보장되고 저녁이 있는 삶이 보장되는 요즘이지만, 여전히 24시간 중 대부분의 시간을 일하면서 보내고 있다. 시간이 안정되고 즐겁고 보람 있지 않으면 내 삶은 도대체 어디에서 그것을 찾아야 하는가? 어떤 사람이 매력적으로 보이는 순간들에 대해 물어볼 때 많은 이들이 무언가에 열정적으로 몰입하는 모습을 볼 때라고 말한다. 특히 셔츠를 걷어올린 채 집중해서 일하는 이성의 모습은 가슴을 뛰게 하기에 충분하다.

경쟁은 치열하고 미래는 막막한 현실 속에 있는 당신, 매일 반복되는 익숙함 속에 무뎌지는 의욕에 낙담한 당신, 왜 나는 존재감이 없을까를 고민하는 당신, 달리고 또 달리지만 무엇을 위해 달리는지 목표가 없는 당신. 열정이 없는 사람은 표정부터 힘이 없고 의욕이 보이지 않는다. 열정이 넘치는 사람은 곁에만 있어도 그 에너지가 온몸으로 전염될 정도로 뜨거운 기운을 갖고 있다. 사람에게 있어 최고의 매력은 불타는 열정이 발현될 때 드러난다. 무언가에 흠뻑 빠져 집중해 있는 사람에게는 아우라가 느껴진다. "젊은 날의 매력은, 결국 꿈을 위해 무엇을 저지르는 것이다"라는 앨빈 토플러의 말을 가슴에 다시금 떠올려본다. 일의 성패에 집중하는 것이 아니라 과정의 소중함을 깨닫고 매사에 최선을 다한다.

열정을 가지고 어떠한 대상에 집중하다보면 불가능해 보이거나 어려운 일도 어느 순간 이룰 수 있다. 열정이 있는 사람은 어려운 일도 즐겁고 기쁘게 해낸다. 이러한 경험이 축적되면 될수록 더 많은 에너지가 생기고, 일의 성취로 자신감과 자존감이 향상된다. 그러면서 스스로를 더욱 사랑하게 된다. 사랑이 넘치다보면 기운을 타인에게 전해주며 개인의 행복과 더불어 자신의 주변을 좋은 에너지로 물들인다. 열정적으로 몰입하며 행복한 삶을 추구하는 사람의 표정과 얼굴빛은 화장이나 변장으로 표현할 수 없다. 열정이 없는 상태를 위장해서 열정이 있는 상태로 보여주는 것은 불가능하다. 열정은 내면에서 우러나오는 에너지원으로서 한 사람을 더욱 건강하게 만들고, 스스로를 아끼게 하며 다른 대상을 사랑하게 하는 원동력이기 때문이다.

차별화된 자신의 강점을 발견해 능력을 인정받는 당신, 모든 일을 발전적으로 받아들이며 성장가도를 달리는 당신, 하고 있는 일에 가치를 부여하며 자신의 삶의 가치를 찾는 당신, 명확한 목표 설정으로 멀리 바라보며 일희일비하지 않는 당신. 자신만의 영역을 구축하고 내가 해서 즐겁고 잘할 수 있는 일을 찾는 것이 우선이다. 유능하다는 평가는 그 후에 따라오는 창조적 결실 중 하나라고 생각한다. 일을 통해 이른바 자신의 몸값을 올리는 것에 목표를 두는 것이 아닌 궁극적으로 행복한 삶을 살아가는 방향을 제시하고 싶다.

지금부터라도 우리는 표면이 아닌 내면을 들여다보며 나답게 살아가기 위해서 어떤 노력을 기울여야 하고 무엇을 발견해야 하는지 스스로에게 질문을 던지고 치열하게 생각해야 한다. 답은 밖에 있지 않고 내 안에 있기 때문이다. 일의 중요성에 대해 논리적으로 이해시키고 설명하고자 함이 아니다. 삶의 행복, 자신의 변화된 삶을 위해 내면에 집중하며 스스로 질문하고 느끼며 깨달아가는 자기 탐험의 과정이다.

조치훈 9단의 말 "그래 봤자, 바둑. 그래도 바둑. 그래도 내 바둑이니까"처럼. '그래 봤자, 일'이지만 '그래도 내 인생'이라는 생각을 가질 필요가 있다. 자신의 선택으로 하고 있는 일이다. 현재의 일에 대한 열정과 몰입이 결국 지금의 나와 미래의 나를 결정짓게 된다는 사실을 잊지 말자.

'지금 당신의 일, 무엇을 바라보고 있나요?'라는 질문은 결국 '자신에 대해 정확히 알고 있나요? 내 가치, 내 삶의 가치를 어떻게 높일 것인가'라는 질문으로 이어진다. 가치에 따라 자신의 역할과 권한, 보상이 달라지기 때문이다. 그리고 이렇게 달라진 권한과 보상은 삶에 긍정적인 영향을 미친다. 최고의 경쟁력은 결국 차별화다. 나를 차별적 존재로 만드는 것이야말로 내 가치를 끌어올릴 수 있는 최고의 방법이라는 것. 일에 가치를 부여해야 내 삶의 가치를 높일 수 있다는 사실을 잊지 마라. '위대한 나'를 발견해 지금 있는 그 곳을 '최고의 자리'로 만들어보고 싶지 않은가?

쉬지 않고 나아가기

　황금빛 억새가 너울춤을 춘다. 잠시 앉아 숨을 고른다. 정상에서 내려다보는 풍경에 멍해진다. 이러한 경치를 표현할 수 있는 말이 고작 '우아!'라니. 내가 가진 언어의 빈약함을 자각하며 실소를 짓는다. 표현하지 않으면 어떠리. 지금 느껴지는 이 순간의 감정만으로도 가슴은 충만해진다. 다시 몸을 일으켜 세워 달려 나간다. 20킬로미터를 달려왔다. 다리가 무거워진다. 게다가 계속된 오르막에 폐가 터져 나갈 듯하다. 그렇게 산 하나를 또 넘는다. 산에서의 날씨는 예상이 불가하다. 갑작스레 날씨가 흐려지며 눈이 온다. 11월에 트레일런 대회 중 그렇게 첫눈을 맞이했다. 트레일런이란

도로를 벗어나 산과 흙길을 달리며 자연과 물아일체 되는 느낌을 받으며 달릴 수 있는 경기다.

총 40킬로미터를 달리는 경기 중 24킬로미터 지점에 있는 세 번째 CP(보급소)에 다다랐다. 뜨끈한 어묵 한 그릇에 쉴 새 없이 달려오며 쌓인 몸의 긴장이 풀린다. 긴장이 풀어지니 이내 통증이 밀려온다. 대회 전에 다친 발목이 더는 못 가겠다고 시위를 시작한 것이다. 조금만 더 힘내서 가볼까 싶었지만 계속해서 내리는 비와 발목의 통증, 시작된 오한으로 무리라고 결정 내렸다. 더 멀리 바라보자는 UTRK(Ultra trailrunner's Korea) 멤버의 말에 DNF를 했다. DNF, 다시 말해 중도포기다. Did Not Finish로 종료기록 없음을 의미한다. DNF를 한 선수들은 스스로 완주하지 못함을 부끄러워하거나 자책하기도 한다. 그러나 나는 의기소침하기 싫었다. 상황에 따라 상태에 따라 많은 변수가 있다. 무리해서 경기를 완주했을 수도 있지만 그 결정이 오랜 시간 부상에서 헤어나지 못하게 하는 시발점이 될 수도 있다. 그럴 땐 과감하게 포기하고 다음을 준비하는 것이 현명하다. 그런 나에게 우리 팀원들은 DNF는 Do Next Finish라며 그만큼 달려온 나를 격려했다.

이처럼 달리기를 하다보면 숨이 막히고 멈추고 싶은 힘든 순간들이 자주 찾아온다. 이런 상황에서 달리기를 멈추거나 그럼에도 참고 달리거나를 스스로 선택해야 한다. 그 당시에는 DNF를 할 수밖에 없는 상황이지만, 내 경험에 비춰보면 힘든 순간을 조금만 참아내고 스스로에게 집중하다보면 또 달릴 힘이 생기고 달릴 만해진다는 것을 알고 있다. 처음에는 수시로 멈춰 서고 '나 너무 힘들어'라며 주위에 어필하고 스스로를 설득시켰는데 지금은 뇌가 보내는 거짓 신호에 속지 말 것! 이 순간 한번 넘겨보자라고 스스로를 다독인다. 그러면서 '러너'란 고통을 창조적으로 승화시키며 행복한 삶을 향해 중단하지 않고 달리는 사람이라는 정의를 내리게 됐다.

이는 삶에도 대입할 수 있는 이야기라고 생각한다. 불안함, 불편함, 고통, 불행이 산재해 있는 삶. 오죽하면 행복이란 불행과 불행 사이에 잠깐 찾아오는 휴식 같은 거라는 말이 있을까. 암튼 수시로 찾아오는 힘든 순간을 어떻게 맞이할지는 스스로의 몫이고 선택이다. 자책하며 무너질 것인가, 아니면 그 안에서 다시 일어날 힘과 기회를 찾을 것인가. 달리기의 힘든 순간을 맞이하는 것과 다를 게 뭐가 있는가?

러닝을 통해 삶을 바꿀 수는 없지만 삶을 대하는 태도는 바꿀 수 있다는 것을 몸소 느끼고 있다. 앞으로도 실천하는 삶과 사유하는 삶을 통해 많은 걸 느끼고 나누며 순간순간의 행복을 만끽하고자 한다. 적어도 스스로에게 상처주지 말자는 마음으로 말이다.

비단 러닝에서뿐만 아니라 삶의 여러 부분에서 나는 자주 무너져내렸다. 일, 사랑, 관계 등 살아가면서 직면하는 모든 부분에서 그것도 여러 번 무너져내렸다. 현실과 이상의 다름 때문에 괴로워했고 잘못된 선택으로 인해 아팠던 시간들을 되돌리고 싶었고, 그런 결정을 내린 스스로를 탓하며 괴롭혔다. 완벽주의 성향이 강했던 나는 그럴 때마다 스스로를 몰아붙이고 조여 댔다. 실패로 인한 타인의 시선을 신경 쓰며 내가 아닌 다른 사람의 말에 더 귀를 기울이며 살았었다. 정작 그 순간에 가장 아팠던 것은 자신인데 왜 그렇게 주변만 생각하고 살았는지 모르겠다. 그러면서 점점 내 마음의 상처에는 무뎌진다.

처음 살아오는 오늘이기에 매사에 서툴고 실수연발인 것이 어찌 보면 당연한데 왜 그렇게 나를 못 잡아먹어 안달이었던 것일까. 광고에도 그런 느낌의 장면들이 등장한 적이 있다. 갓난아기를 재우고 먹이고 입히느라 정신없는 일상을 보내는 여성의 모습이 등장하면서 나왔던 광고 카피가 많은 여성들의 마음을 울렸다. "엄마도 엄마는 처음이라서." 여성들은 아이가 아픈 것도 잠을 못 자는 것도 모두 엄마인 내가 잘 몰라서 케어를 해주지 못한 것 때문이라고 스스로를 엄마 될 자격이 없다고 몰아세우는 경우가 있다. 하지만 그렇게 배워나가고 나아지는 것이다. 여기서 가장 중요한 것은 내가 나를 바라보는 마음이다. "당신이 자신에 대해 생각하는 것은 다른 사람들이 당신에 대해 생각하는 것보다 훨씬 중요하다"는 세네카의 말을 되새기며 스스로에게 상처주지 않기로 결심했던 어느 날, 그 이후 많은 것이 달라졌다. 마음에 여유가 생기고 여유가 생기니 시야가 넓어지더라. 넓어진 시야로 더 많은 것을 느끼고 생각하며 살다보니 지금은 자기애가 너무 강한 건 아니냐는 말을 듣기도 한다.

그 말이 내게 부정적으로 와 닿지는 않는다. 살아 있는 사람들은 모두 나르시시스트가 될 필요가 있다는 입장이다. 자신의 행복을 만족시키고 스스로를 사랑하는 마음을 가득 충전하는 것을 1순위로 두어야 한다. 내 마음을 바라보고 있는 그대로의 나를 인정하며 어제보다 한 걸음 더 나아가는 지금의 자신을 사랑하는 것. 그것이 이 글을 읽는 독자들에게 하고 싶은 말이다. 나 자신을 사랑하면 내 세상을 사랑할 수 있다.

트레일런을 할 때 느꼈던 점은 내 시야에 앞 선수가 보여도 같은 조건의 상황 속에서는 그가 멈춰 서지 않는 이상 따라잡기가 힘들다는 것이다. 욕심이 앞서 능력 이상의 빠른 페이스로 달린다면 잠시 추월은 가능하나 얼마 못 가 퍼질 게 분명하다. 그저 내가 낼 수 있는 속도로 부지런히 가는 수밖에 없다. 내가 나에게 맞는 속도로 가고 있는 것뿐인데, 나보다 빠른 승진에 성공가도를 달리는 누군가의 삶이 부러울 이유가 없다. 또한 앞사람이 멈춰 서길 기대하고 기다리기보다 꾸준히 한 발 한 발 쉬지 않고 걸으면 적어도 뒤에서 오는 선수에게 잡힐 일은 없다. 그렇게 부지런히 나름의 최선을 다하는 삶도 담백한 맛이 있다. 혹여 더 빠르게 열심히 달려 나를 추월하는 선수가 있다면 존경의 박수를 치며 앞 선수의 발걸음을 응원할 것이다.

러닝의 경쟁 상대는 누군가가 아닌 어제의 '나'라는 사실만 잊지 않으면 된다. 삶에서도 마찬가지다. 남과 비교하면 할수록 나는 더 초라해진다. 비교 대신 비전을 품으며 비교당하며 받은 자신의 상처를 스스로 마주하고 위로해주는 순간이 바로 지금이다. 그것이 지금까지 나를 멈춰 서지 않고 더뎌지더라도 멈추지 않고 임할 수 있게 이끌어준 원동력이다. 《호오포노포노의 비밀》에 나오는 "보고 듣고 맛보고 만지고 경험하는 모든 것이 내 책임이다"라는 말처럼 선택하고 그 선택에 대한 책임을 지자는 생각으로 살고 있다. 물론 그 선택으로 인해, 때론 무너지고 내려앉고 아파하는 순간이 오기도 한다. 좋았거나 아팠거나, 대체로 지금까지를 돌아보면 모든 경험의 끝엔 조금은 전보다 확장된 나를 만날 수 있었다.

나는 매 순간 나에게 상처를 주기보다 나만은 나에게 든든한 편이 되어주어야겠다고 다짐한다.

나는 구릿빛 피부가 좋다

　　연속된 세 번의 교통사고로 인해 수시로 찾아오는 통증과 급격히 떨어진 체력은 의욕과 행복을 허락하지 않았다. 신체의 무너짐이 여러 가지 상실을 동반한다는 사실을 몸소 알게 되었다. 상실은 무너진 몸에서 편안함을 가져가는 것으로 시작해 마음으로 옮겨갔다. 이내 밖으로 이동해 하고 있는 일과 사회관계에까지 영향을 미쳤다. 가만히 앉아 있기도 힘들었고 수시로 무기력해졌다. 강연을 하기 위해 서 있기만 해도 식은땀이 줄줄 흐르는 바람에 힘들었고 중요한 업무 관련 미팅이 있음에도 잠시만 약 먹고 쉰다는 게 두 시간을 자버려 일을 그르치기도 했다. 약속 시간 30분 전에 칼

같이 도착하는 것이 당연한 사람이었고, 강연을 하는 무대 위에서 누구보다 행복했던 사람이었다. 나약해진 자신을 보는 게 힘들었고 믿음을 져버린 내가 참 한심했다. 그렇게 몸과 마음으로 이어져 삶이 내려앉는 상실을 경험하는 내내 못 견디게 괴로웠다.

"너는 믿는데 네 몸은 이제 못 믿겠어."

그때 함께하던 분의 말이 다시 한 번 가슴을 때렸다. 내 의지는 믿으나 몸의 상태로 인해 번번이 실수하는 내 몸은 믿지 못하겠다는 말씀이었다. 본인이 인지하고 있는 문제를 상대가 정확히 찌를 때의 아픔은 이루 말할 수 없다. 나약해진 육체로 인해 내 몸의 평안함은 사라진 지 오래였다. 그간의 계획과 포부도 통증에 잠식당해버렸다. 그러면서 삶 자체가 무너져내리는 기분이 들었다. 그렇게 나는 내 삶의 온전함을 뒤로한 채 죽어서 사는 형태로 시간만 보내고 있었다. 그러나 마냥 그렇게 죽은 채로 살 수는 없었다. 당시 가슴에 깊이 박혀 아팠던 말 덕분에 삶에서 가장 중요한 게 무엇인지, 지금의 상태에서 무엇을 해야 하는지를 처절하게 고민했고 생각할수록 점점 명료해졌다. 그리고 그 후로 다짐했다. 적어도 몸 컨디션을 핑계로 뒤에 숨는 일 따위는 하지 않겠노라고 말이다.

무엇이 나를 나답게 살게 하고 내 삶의 에너지를 증진시키는가에 대해 끊임없이 질문했다. 의학이 몸을 고칠 수 있다 할지라도 삶을 그 이전으로 원래의 모습으로 되돌려놓지는 못한다. 아픈 사람은 점점 자기 자신을 잃어간다. 그래서 내가 내린 결론은 나에게 있어 나답게 살게 하는 힘과 내 삶의 원천은 바로 '몸'이라는 사실이다. '좋은 몸, 나쁜 몸, 이상한 몸, 이미 버린 몸 중 당신은 지금 어떤 몸을 데리고 살고 있나요?'라는 질문에 자신 있게 좋은 몸이라고 말할 수 있는 사람은 그리 많지 않다. 대부분이 자신의 몸에 대해 '답이 없다'라고 여기면서도 아무것도 하지 않는 상태로 통증과 함께 나이 들어간다. 자신의 몸과 마음의 능력을 발휘할 기회도 실기한 채 시간만 계속 흘러갈 뿐이다.

시몬 베유는 육체적, 정신적 고통으로 자신을 소진하는 인간의 현실을 '뿌리뽑힘'이라 표현했다. 지금 이 순간에도 뿌리뽑힘을 자각하지 못한 채 살아가는 사람들이 많다. 나 역시 건강하지 못한 몸으로 많은 걸 잃고 놓치며 뿌리뽑힘의 직전까지 가서야 알았다. 우리는 매 순간 몸을 통해 느끼고 경험하며 살아간다는 것을 말이다. 생의 의지, 생명력이 실존적으로 드러나는 곳이 바로 '몸'이기에 이를 단련하고 삶의 에너지인 코나투스(conatus)를 증진시키기 위해 나는 지속적으로 운동하는 삶을 선택했다. 나 자신을 개선하면 내 세상을 개선할 수 있다는 말처럼 운동을 하면서부터 더 행복해졌고 긍정적으로 삶이 변화되어가고 있다. 스스로를 위해 시간을 투자하고 노력하고 있는 지금, 가족이나 가까운 사이의 지인들은 걱정 어린 시선을 보내오기도 한다. 물론 사랑의 충고라고 생각한다. 그들은 "무리하면 안 된다. 연골 잘 챙겨", "피부가 많이 상했다", "살이 많이 빠진 것 같아. 적당히 해"라는 말로 염려를 표현한다.

그중 여성들에게 가장 많이 듣는 충고는 피부와 관련된 것들이다. 한번 상하면 되돌리기 어렵다. 나이 들면 들수록 여자에겐 피부가 부의 상징이다. 여자 피부가 너무 어두우면 고상해 보이지 않는다고 말이다. 정진호 서울대학교 피부과 전문의의 책 《피부가 능력이다》에도 백세시대에서는 젊은 피부를 유지하는 것이 그 사람의 사회적 능력, 경제적 능력을 결정하는 데 중요한 역할을 한다는 내용이 있다. 좋은 피부를 갖고 있으면 아무래도 백세시대에서 유리한 위치를 차지할 수 있다고 하는데 일리 있는 말이기도 하나, 좋은 피부보다는 건강한 몸이 훨씬 유리하지 않을까라는 게 내 생각이다.

　기미나 잡티 없이 맑은 귀족 피부, 늘어짐 없이 탄력 넘치는 모찌 피부, 모공이 보이지 않는 도자기 같은 피부결, 자연스럽게 복숭아 빛 홍조가 올라오는 건강한 혈색의 얼굴. 나와는 거리가 먼 피부 상태를 나타낸 말들이다. 이른바 나와는 해당사항 없음. 워낙 잘 그을리는 편이라 까맣기도 하고 잡티도 있다. 발그레한 혈색은 있을지언정 어두운 피부톤에 가려져서 보이지 않는다. 피부 미용에 힘쓰기보다 몸의 에너지를 키우는 운동에 더 많은 시간을 할애하다보니 덥거나 추울 때도 활동을 하는 경우가 많아 당연한 결과 값이다. 여름이면 덥고 습한 공기로 인해 높아진 체온 때문에 피부는 종종 열을 받거나 상기되어 있다. 운동이 끝나면 온 얼굴이 서걱거린다. 누가 보면 염전인 줄 알 만큼 소금기가 하얗게 내려앉아 있다. 겨울이면 찬바람에 피부가 트거나 매우 건조해진다. 총체적 난국이나 문제될 건 없다는 입장이다. 평소에 자외선 차단제도 열심히 바르고 있고, 운동 전후로 피부 보습에서 최선을 다한다. 꽁꽁 싸매고 맑은 피부를 유지하는 것보다 나는 구릿빛 피부가 좋다. 비단 얼굴 피부만 노화가 일어나는 것은 아니기에 나는 더 넓은 면적의 신체 피부를 강하게 하는 것이 즐겁다.

모든 게 선택의 문제 아니겠는가? 운동을 하는 이유는 누군가에게 보여주기 위함이 아닌 나 자신을 위함이다. 내가 내 몸을 믿을 수 있는 상태로 유지하고 싶다. 근력은 재력으로 살 수 없기에 노력해야 한다. 더 이상 젊지 않은 시절을 상실과 좌절에 휩싸여 한탄만 하고 있기보다는 신체를 단련하는 쪽으로 부단히 노력하는 것. 그것이 내가 가고자 하는 방향이다. 그래서 오늘도 나는 달린다. 여름의 습기 가득한 공기가 좋고 노을 질 무렵의 바람을 느끼는 게 좋아서 말이다.

가야 할 길을
정확히 알고 가는 사람은
흔들림이 없다

"센 언니 스타일이었네요."

"완전 예상 밖이에요."

"제가 앞으로 조심할게요."

종종 듣는 말이다. 사람들이 센 캐릭터라고 나를 표현하기도 하고 전혀 몰랐었기에 놀랍다는 반응을 보이는 데는 이유가 있다. 평소에는 옷에 가려져 보이지 않던 그 무엇이, 운동을 할 때 입는 탑이나 싱글렛을 착용하면 드러나기 때문이다. 그것은 다름 아닌 왼쪽 등에 자리 잡은 타투다.

무엇보다 몸에 어떤 것을 새겼느냐가 중요할 터. 신념을 담은 심플한 레터링도 아니고 아기자기함이 느껴지는 별이나 새, 꽃도 아니다. 등에서 나와 함께하는 타투는 다름 아닌 풍성한 갈기를 가지고 있는 사자다. 요즘 자신의 신념이나 개성을 드러내기 위해, 혹은 어떤 이유에서든 타투를 하는 사람들이 많다. 새삼스러울 일도 아닌데, '완전 반전인데요?'라는 반응과 함께 작가로서 글을 짓고, 강연가로 무대에 서는 사람이 타투를 한 것에 의아해하고 매치가 안 된다는 이야기들을 많이 들었다. 이처럼 이런 직업을 가진 사람은 이렇게 해야 해라는 고정관념이 생각보다 우리의 의식 많은 부분에 자리 잡고 있다.

등에 사자를 들이기 전에 4년을 고민했다. 그리고 자꾸 질문을 던졌다.

왜, 타투를 하려고 하는 거지?

왜, 하고 싶은 걸까?

왜, 그 많은 것 중 사자를 새기려 하는 거지?

질문에 대한 답을 스스로 구하고 나서 타투를 하기로 마음을 먹었다. 시술하기 전에 타투이스트를 만나서 상담을 했다. 당시 그는 나에게 질문을 했다. "타투가 뭐예요? 어떤 의미가 있죠?" 그때 나는 지난 4년간 고민하며 찾은 나만의 해답을 쫙 펼쳤다. 타투를 몸에 새기며 마음에도 그 의미를 깊이 담고 싶다고 말했고, 사자를 그리고 싶은 이유에 대해서도 설명했다. 한 여성이 사자의 머리를 쓰다듬고 있는 모습을 형상하고 있는 타로의 8번 카드에 담긴 해석을 가장 좋아한다고 했다.

8번은 힘(strenght)을 상징하는 카드다. 반복되는 무한한 에너지를 의미하기도 하고 내적 용기와 힘, 결단력, 확신, 도전적인 태도를 의미한다. 나는 늘 유(柔)함으로 강(强)함을 다스리는 내면의 힘을 가지고 싶었고 그렇게 살아왔다. 앞으로도 바르지 못한 강한 것에 굴복하고 싶지 않다. 부드러우면서 강인한 에너지를 가지고 살고자 하는 다짐을 새기고 싶다고 아주 확신에 차서 이야기를 했다. 내 말을 들은 후 타투이스트는 한 마디 했다. "타투는 평생 가는 거예요. 한번 새기면 지워지지 않죠. 나이 먹어서도 후회 안 할 자신 있으면 그때 해도 늦지 않아요"라고 말이다. 다시 한 번 고민의 시간을 거쳐 최종적으로 결정을 내렸고 그 결과 나를 지키는 수호신 같은 멋진 사자를 들이게 됐다. 선택에 대한 후회는 전혀 없다.

처음에는 의아하게 생각했던 사람들도 이런 설명을 듣고 나서는 오히려 반전 매력이 있다고 한다. 자신도 사실은 오래전부터 타투를 하고 싶었는데 용기가 안 나서 못 하고 있다며 아프지는 않은지 묻기도 한다. 타투를 한다면 어떤 걸 하면 좋을지, 작품이 좋은 타투이스트를 소개해달라며 내가 시술받은 곳을 알려달라고 하는 사람들도 있었다. 의외의 매력을 본 것 같다면서 내 결정에 지지를 보내준다.

매력의 사전적 정의는 "사람의 마음을 사로잡아 끌어들이는 힘"이다. 매력의 범주는 넓다. 사회심리학자들이 말하는 일반적 통념인 '아름다운 것은 선하다(What is beautiful is good)', 즉 얼굴 외모가 매력적인 사람은 그만큼 더 똑똑하고, 친절하고, 순수하고, 젊은 편이고, 성공적인 삶을 살고, 중요한 위치에 있을 것이라고 지레짐작하는 경향을 보인다는 말처럼, 외모에서 오는 끌림일 수도 있고, 대인관계를 따뜻하게 잘 풀어내거나 카리스마 있게 리드를 잘 하는 모습이 매력적인 사람으로 느껴질 수도 있다. 자신의 일에 열중하는 집중력을 보고 매력을 발견하기도 한다. 내가 잘 알지 못하는 분야에서 한 발 앞서 걷고 있는 사람들에 대한 매력도도 굉장히 높다.

"첫인상은 별로 안 그래 보였는데, 이 사람은 알수록 진국이네!"처럼 외적 매력과 관계없는 부분이 포인트가 될 수도 있다. 사실 매력이란 말로 이렇다 특정하기 어려울 정도로 여러 종류가 있고, 같은 모습을 보거나 같은 대상을 접하고도 사람마다 느껴지는 매력의 강도는 천차만별이다. 이처럼 외모에서 오는 매력, 성격, 태도, 능력 등 사람에 따라 매력을 느끼는 포인트가 다 다르기 때문에 각자 좋아하는 사람도 다 다른 것이다.

'당신은 매력적인 사람입니까?'라는 질문에 당신의 대답은 어떠한가? 매력적인 사람의 범주 안에 들고 싶은 게 솔직한 마음 아닌가? 나는 매력이란 사람을 잡아끄는 힘이라는 의미보다 '자신의 이유를 가지고 사는 사람들'이라고 재정의 내리고 싶다. 다른 말로 자유로운 사람들이다. 자신만의 경험을 쌓으며 도전과 실패를 반복하는 과정에서 단단해지는 마음과 유연한 사고, 그리고 내려갈 줄 아는 겸손을 배우기도 한다. 더불어 자신이 가야 할 길을 정확히 가는 사람들의 발걸음에는 흔들림이 없다. 거기에서 나오는 오라가 분명 있다. 그것이 사람을 잡아끌려는 의도로 하는 행동은 아니지만 그런 이들의 주변에는 사람들이 모이게 된다. 일전에 읽었던 글 중에 지금까지도 내 가슴 깊이 아로새겨져 영향을 주는 글귀가 있다. 계곡물이 흐르는 것은 무슨 의도가 있어서가 아니고 햇빛이 저렇게 쏟아지는 것도 무슨 의도가 있어서가 아니다. 그러나 그로 인해 물과 햇빛은 온갖 생명을 먹여 살린다. 이를 두고 '하지 않고서 한다'라고 한다. 즉 바라는 것이 없는 이는 두려울 것이 없고 두려울 것이 없는 일은 스스로 당당할 수 있으며 당당한 이는 마침내 자유로울 수 있다.

요즘 말로 '인싸'가 되기 위해 억지로 만들어냄이 아닌 그 삶 자체로 매력을 발산하는 사람이 되고 싶다. 그렇게 오늘도 나만의 스토리를 만들어가고 있다. 스토리를 스스로 토해내는 리얼한 이야기라고 말하는데 스토리의 힘은 강하다. 자신의 스토리가 없는 사람들이 이 귀한 시간에 남의 이야기로 순간을 낭비한다. 타투를 한 것에 대해 부정적인 시각보다 응원을 받는 이유는 남들이 다 하니까 했어요가 아닌 나만의 분명한 이유를 가지고 선택했기 때문이 아닐까? 다시 생각해보니 매력의 조건은 그리 복잡하지 않은 듯하다.

세상살이의 품격, 교양

　'보여지는 나'와 '실제의 나' 그리고 타인이 '기대하는 내 모습'과 '내가 원하는 내 모습'의 간극이 커지면 커질수록 삶은 어색하고 불편해진다. 글과 말을 통해 대중을 만나는 일을 하고 있다보니 대중적으로 드러나는 모습을 보고 대중은 '나'라는 사람의 이미지를 구축해간다. 내 의지와 상관없이 어느새 나는 그런 사람이 되어 있다. 예를 들면 글을 쓴다는 이유로 박학다식하며 강연을 한다는 이유로 달변가 내지는 교양이 넘치는 사람일 거라는 이미지에 대한 것이다. 학문, 지식, 사회생활을 바탕으로 이루어지는 품위, 또는 문화에 대한 폭넓은 지식이라는 교양의 사전적 의미에 비추어봤을 땐, 글쎄 나와는 거리가 있어 보인다. 게다가 우리는 교양 있다고 했을 때 내면적인 깊이보다는 겉으로 보이는 외면의 모습으로 평가하는 오류를 자주 범한다. 즉 교양의 깊이에 대한 평가가 자세와 표정 등의 겉모습으로 결정 나는 경우가 많다.

품위는 뭐고 폭넓은 지식은 또 뭐란 말인가? 교양 있어 보이는 자세와 말투를 연습하면 교양 있는 사람이 되는 걸까? 교양은 책에서 나오거나 가방끈 길이에 좌지우지되지 않는다고 생각한다. 보여지는 것을 관리해 교양을 그렇게 찍어내듯 만들어낼 수 있다면 인생이란 아주 식상한 프로세스를 가지고 있는 것이다. 물론 예전엔 청중이 원하는 모습으로 나를 포장했었다. 그들의 기대를 저버리고 싶지 않았기 때문이다. 어떤 행동을 하던 제 삼자가 나를 지켜보고 있다는 생각을 하며 스스로를 통제하고 관리했다. 이때는 이렇게 행동해야지 하고 어려운 자리에 나가면 뭔가 어색해지고 불편한 게 드러나기 마련이다. 교양 있는 사람처럼 보이고 싶어했던 그때의 나를 생각하면 참 불편하게 살았구나, 라는 연민이 든다. 그리고 그때 알았다. 남들처럼 포장하면 초라해지고 나답게 무장을 하면 언젠가는 위대해진다는 것을 말이다. 위대해지는 것까지 바라지 않아도 적어도 내 삶에 만족하게 된다. 보이는 게 중요한 게 아니라 삶 자체가 그래야 하는 것을 그때는 몰랐다.

진주귀걸이를 하고 수트를 입고 단정하게 머리를 만지고 완벽히 세팅된 공적인 모습으로 강연을 하는 나와 아무렇게나 머리를 묶어 올리고 늘어난 잠옷바지를 입고 푸석한 얼굴로 컴퓨터를 마주하며 글을 쓰는 내가 동일한 사람이고, 드라마 여주인공들처럼 양푼에 고추장 넣어 열무 비빔밥을 우걱우걱 먹는 맛과 즐거움 정도는 공감할 줄 알아야 더 좋은 글과 말을 할 수 있다고 생각한다. 교양 있는 취미라고 할 수 있는 음악회나 그림 감상, 뮤지컬 관람을 하긴 하지만 그것에 대한 조예가 깊지는 않았다. 그냥 편하고 조용한 공간에서 책을 보는 것으로도 행복했고 뛰어나가 자연과 함께하며 운동하는 것만으로도 즐겁다. 그러니까 교양이란 생활 속에서 끊임없이 자기를 깨우치면서 스스로를 귀하게 만들겠다는 의지가 중요하다. 교양은 하루아침에 만들 수 있는 영역이 아니다. 삶 속에서 저절로 드러나는 것이다. 즉 교양은 타인을 위함이 아닌 자신을 위해서 고양해야 하는 부분이다. 내 삶을 건축함에 있어서 스스로 무엇이 필요한지

파악해 행하는 것이 중요하다.

그래서 나름의 교양 있는 사람에 대해 생각해보았다. 안주하기보다 능동성을 가지고 세상을 만나러 뛰어나가라. 교양 있는 사람이 되기 위해서는 학문, 지식, 문화에 대한 폭넓은 지식 등 보편적인 상식을 습득해야 한다는 기본 틀에서 벗어나, 능동적으로 자신의 방식으로 세상과 만나는 사람을 교양 있는 사람으로 정의하고자 한다. 내적 동기에 의해서 지적 호기심을 해소하고 다양한 경험을 쌓아가면서 누군가의 잣대로 그려진 경계선을 넘어서서, 자유롭게 살아야 한다. 그랬을 때 내가 더 이상 세상의 들러리가 아닌 나로서 주체적인 삶을 살아갈 수 있는 것이다. 나라는 존재를 있는 그대로 인정받기 위한 과정에서 만나는 수많은 장애물이 있겠지만 그것들을 잘 이겨낸 사람에게서 느껴지는 힘은 말로 표현할 수 없다.

가치관이 있고 확고한 신념이 있는 사람이 교양 있는 사람이다. '내'가 또렷해져야 비로소 내 삶을 살 수 있다. 자신의 기준으로 세상을 바라보며 세상에 휘둘리지 않는 사람은 한 마디로 뿌리가 깊은 사람이다. 뿌리가 깊은 사람은 바람이 불어도 흔들릴지언정 뽑히지는 않는다. 세파에 흔들려도 자신의 정체성을 잃지 않고 꿋꿋하게 살 수 있다. 아래로 내린 뿌리의 깊이가 위로 성장할 수 있는 높이를 결정한다. 높이 성장하고 싶다면 우선 파고들어 뿌리를 내려야 한다. 내 몸에서 내려야 나의 뿌리가 된다. 절대로 남의 몸에서 뻗어 나올 수 없다. 내 몸에서 내린 뿌리로 내 삶의 중심을 세우자. 그래서 뿌리 깊은 사람을 일컬어 심지(心地)가 굳은 사람이라고 한다.

　교양 있는 사람처럼 보이고 싶을 때 흔히 말투가 바뀐다. 개그 소재로도 자주 활용되는 포인트다. 사투리를 쓰며 큰 소리로 자녀를 혼내던 엄마가 걸려오는 전화를 받을 때 '여보세요'라고 최대한 표준어를 사용하며 품위 있는 목소리로 대화를 시작한다. 교양이 있고 없음의 핵심은 소통이고 말투다. 단지 겉으로 그런 척하는 것은 경계해야 하지만 언어 습관과 목소리를 떠나 상대에 대한 정확한 경어와 모든 표현에 대한 액션과 배려의 모습을 보여주는 것이 중요하다. 교양 있는 사람은 상대방을 먼저 생각하는 사람이다. 상대의 입장과 처지에서 바라보고 공감할 수 있어야 한다. "사랑이란 이 세상의 모든 것/우리 사랑이라 알고 있는 모든 것/

그거면 충분해, 하지만 그 사랑을 우린/자기 그릇만큼밖에 는 담지 못하지." 에밀리 디킨슨의 〈사랑이란 이 세상의 모 든 것〉 중에 나오는 구절이다.

상대의 그릇을 키워주는 사랑, 그래야 내가 주는 사랑 을 커진 만큼 그릇에 담아낼 수 있다. 그릇이 작다고 투덜대 지 말고 내 사랑을 받아들일 수 있는 그릇을 키우려는 노력 이 진정한 사랑이고 상대에 대한 매너 있는 행동이다. 소통 은 그래서 서로의 그릇에 무엇을 담고 있는지 확인하는 과 정이 아니라 다양한 대화를 통해서 상대가 지니고 있는 그 릇의 크기를 확인하고 서로가 서로에게 주는 사랑을 담아낼 수 있는 그릇의 크기를 키워주려고 안간힘을 쓰고 애(愛)쓰 는 과정이다. 애(愛)쓰는 과정이 바로 사랑이다! 오직 사랑만 이 사람과 사람을 만나게 할 수 있으며 사랑으로 소통하는 길만이 힘겹고 견디기 어렵지만 같은 방향과 가치를 가슴에 품고 함께 걸어갈 수 있는 힘을 줄 수 있다. 이를 깨달았다면 꾸준한 연습과 상대를 배려하는 마음가짐을 고양시켜야 한 다. 왜 교양 있는 사람이 되려 하는가? 교양 있는 이들은 세 상살이를 대하는 마음가짐과 품위가 다르기 때문이다.

반짝반짝 빛나게 해주는 것들

　미술관이나 전시회를 가기는 간다. 뮤지컬이나 공연도 보기는 본다. 미국 여행 중에도 가장 먼저 둘러본 곳이 메트로폴리탄 뮤지엄이었다. 브로드웨이에서 뮤지컬을 하루에 두 편 관람할 정도로 좋아한다. 심지어 연극 출연을 해본 경험도 있지 않은가! 문화예술에 대한 조예가 깊지는 않지만 그 언저리에서 발 하나, 아니 발가락 하나 정도는 담근 채 살고 있다. 하지만 사실 잘 모르겠다. 평론가들의 글을 보고 이 작품에 그런 의미가 있었어? 그렇구나…라며 뒤늦게 알아차리거나 한 번의 끄덕임으로 끝나는 경우가 대부분이었다. 문화예술은 머리로 분석적으로 알기보다 가슴으로 읽어내고 느끼는 영역이다. 특별히 좋아하는 화풍의 미술가도 없고 들으면 아! 이건 요하네스 브람스의 곡이구나, 라고 할 정도의 음악에 대한 조예도 없다. 이런 나를 보고 교양 없다고 말하는 사람이 있다면 아마도 교양의 고양이라는 글을 읽지 않은 사람이라고 생각한다. 그저 그림을 보고 작가의 마음을 느끼고 음악을 들으며 내가 행복해짐에 만족하는 것도 의미가 있다. 그래서 앞으로는 글을 쓰는 작가이면서도 문화예술에는 문외한이라고 말하는 것을 지양해야겠다.

머리로 알기보다 가슴으로 더 잘 느끼는 내 경우에는 문화예술을 접하는 그 행위 자체에서 즐거움을 찾기보다 그 상황에 대한 기억과 자신과 연결된 어떠한 사건과 일치하거나 가까운 기운을 느낄 때 오히려 그 가치가 커졌다. 나는 문화예술을 탐함에 집중하기보다 내 경험과 관련된 기억을 탐하고자 한다. 그리고 무엇보다 사람은 모두 저마다의 스토리를 써 내려가는 작가이자 자신만의 무대에서 성실히 살아내고 있는 배우다. 이것만으로도 문화예술의 복합장르를 구현하고 있는 대단한 존재가 아닌가.

"너 별똥별 본 적 있어?"

"아니, 없어 아직. 근데 한 번 보고 싶긴 해."

"응, 알았어."

고등학교 때 학생회 활동을 하며 친해진 친구가 난데없이 별똥별을 본 적이 있냐고 물어왔다. 없다는 대답에 알았다며 싱겁게 돌아선 친구는 그날 밤 내게 잠깐 창문 좀 열어보라며 전화를 걸어왔다. 당시 우리 집은 2층이었고 아파트 뒤편에 너른 공터가 있었다. 창문을 열어보니 친구가 거기에서 날 보며 손을 흔들었다. "왜?"라고 퉁명스레 외치는 나에게 "내가 오늘 별똥별 보여주려고"라며 어깨를 으쓱한다. 그러고는 위에서 떨어지는 건 아니지만 그래도 한 번 보라며 폭죽 여러 개를 바닥에 심더니 불을 붙였다. 퓨웅, 하는 소리와 함께 위로 날아가는 그 불빛을 봤던 기억은 지금도 어제 일처럼 생생하다. 그 후에 몇 번을 실제 별똥별을 마주했다. 히말라야 산행 때도 새벽에 떨어지는 별똥별을 보고 탄성을 지르고 좋아했던 경험이 있지만, 그때 친구가 보여준 하늘로 상승하던 그 불빛만큼 감동적이진 않았다. 오로지 나만을 위해 준비됐고 나만 경험했던 특별한 영화 같은 장면을 능가하는 순간이기에 오래 기억에 남는다. 그리고 그 기억을 소환할 때마다 입가에 미소가 지어진다. 아쉽게도 지금은 소식이 끊겼지만 불꽃놀이를 본다거나 하늘의 별을 볼 때마다 문득 그 친구의 모습이 떠오른다.

기억의 의미를 묻는 순간, 모든 것은 평범함에서 특별함으로 다가온다. 내 기억이 결국 나의 삶이요, 나를 지탱하는 힘이다. 나를 더 강하게 만드는 원동력인 것이다. 나에게 행복함을 불러일으키는 기억들은 내 경험을 통한 것도 있지만 누군가로부터 전해진 것들도 많다. 한번은 어머니 겨울 모자를 사드리고 싶어서 백화점으로 모시고 갔다. 미리 말씀드리면 필요 없다 하실 게 분명했다. 영문도 모르고 따라나선 엄마 손을 이끌고 모자 매장으로 갔다. 이것저것 써보시더니 결국 아무것도 고르지 않는 엄마에게 "이거 예쁘다. 이거 사자"라고 했더니 내 손을 슬며시 잡으며 "아냐, 엄만 이런 거 필요 없어"라며 "엄마 최고의 장신구는 너야. 엄마 사 줄 돈 있으면 너한테 필요한 거 사"라고 하신다. 순간 마음이 찡했다. 그리고 다짐했다. 우리 엄마를 더 빛나게 해주는 존재가 나구나. 내가 더 바르게 열심히 빛나게 살아야겠다고 말이다.

우리의 삶은 이렇게 여러 조각의 기억과 경험들이 누비

어 만들어진다. 문화예술을 향유하며 그 속에서 또 다른 차원의 치유와 충전을 얻을 수도 있다. 하지만 나는 현장에서 밀리고 밟히며 내몰려 아프지만 또 사람과 공간을 통해 얻은 여러 기억을 통해 회복하고 살아갈 힘을 얻는다. 나는 누군가에게 그런 기억 속에 있는 사람일까를 돌아보게 된다.

회복탄력성

　　자기 마음의 여유를 물어볼 새도 없이 정신없는 하루가 지나간다. 되풀이되는 일상 속에서 마비된 감각으로 그저 그런 하루를 보내면서 젊음의 생기와 열정을 잃어간다. 어느 날 문득 거울 속의 퀭한 내 모습이 너무나 생소해지는 순간이 온다. 사진을 찍을 때도 눈가의 주름이 드러나는 것이 신경 쓰여 마음 놓고 웃지도 못하는 상황에 놓이게 된다. 심지어 선배들은 "여자가 사십 넘으면 지나가던 개도 안 쳐다 본다"는 말로 자연스러운 시간의 흐름에 변해가는 스스로를 표현하기도 했다. 슬프도다. 지나가던 개도 안 쳐다보는 나이라니. 나이의 많고 적음을 떠나 온전히 자기 존재를 표현하고 인정받는 관계 속에서 건강한 삶을 영위하는 게 우리 삶의 낙 아니던가? 외모와 신체의 변화로 인해 우울감은 커져가고 만사에 자신감을 잃는 경우도 있다. 세월의 흐름은 이마에 주름을 새기고 열정의 시듦은 영혼에 주름을 새긴다는 사무엘 울만의 〈청춘〉을 굳이 인용하지 않더라도 악순환은 영원회귀처럼 반복, 또 반복된다.

꽃을 좋아하는 지인이 삭막한 사무실 분위기가 싫어서 자리에 예쁜 꽃을 놨는데 꽃잎이 시간이 지나 시드는 것과는 다른 느낌의 회색빛으로 바래는 것을 보고, 나도 이 공간에서 이렇게 생기를 잃어가는 건 아닌지 한참 생각했다는 말이 떠오른다. 꽃처럼 시들시들해지다가 결국 시름시름 앓게 되는 건 아닐까? 같은 시간의 흐름을 통과하는 우리지만 환경에 따라 마음에 따라 몸과 마음의 노화 속도는 천차만별이다. 같은 나이임에도 몸과 마음이 항상 젊음의 생기로 가득 찬 사람들은 어떤 차이가 있는 걸까? 내 경우에도 실제 나이보다 5~10세가량 어리게 본다. 이마에 주름은 어쩔 수 없어도 영혼에 주름을 새기는 것만은 막고 싶어 늘 청춘의 마음으로 살아가는 덕분인 듯하다. 특히 지인들은 여러 경험을 쌓고 그것들에 대해 이야기할 때 내 얼굴과 눈에서 빛이 난다고 한다. 결론은 좋아하는 것, 원하는 것을 주체적으로 하는 것에 있다.

성인이 된 이후에도 속해 있는 환경이나 자극에 의해 뇌 기능과 신체 기능이 향상될 수 있다는 이론으로 기존 뇌 연구 패러다임을 깨뜨린 매리언 다이아몬드 박사에 대한 기사를 읽었다. 그녀는 기능 개발의 핵심 요소로 '다이어트, 운동, 도전, 새로움, 사랑' 다섯 가지를 꼽고 있었다. 이 요소들을 통해 스트레스에 대한 회복탄력성(stress resilience)을 키울 수 있으며 나이에 상관없이 뇌기능이 향상될 수 있음을 밝혀냈던 것이다. 신체적인 부분과 정서적인 부분의 조화가 물론 중요하다. 여기서의 다이어트는 'A good diet'라는 전제가 붙는다. 무조건 마른 몸을 선호하는 것이 아닌 내 신체가 최상의 컨디션에 놓일 수 있도록 적정 체중을 유지하는 것을 의미한다. 세상의 기준에 흔들리거나 얽매이지 않고 나만의 기준에 맞게 몸을 가꿔가는 용기가 필요하다.

몸과 마음의 기능을 향상시킬 수 있도록 꾸준히 운동하는 것을 두 번째 조건으로 꼽고 있다. 어떤 일을 하느냐와 관계없이 사람은 몸을 통해 살고 몸을 통해 느끼며 경험하고 산다. 즉 세상과 만나고 통하는 중요하고도 유일한 통로가 바로 몸이다. 그래서 그런 몸을 잘 관리해야 한다. 몸을 이해해야 하고 기능적으로 편하게 만들어야 한다. 몸이 편해야 삶이 행복해진다.

새로운 것에 대한 호기심을 유지하고 열정을 잃지 않는 마음가짐도 중요하다. 어제와 똑같은 오늘을 산다는 것은 익숙함에 물들어감이고 그 익숙함은 어느 순간 모든 것에 열정과 의욕을 허락하지 않게 된다. 다르게 보고, 다르게 행동하며 새롭게 사는 삶을 추구하자. 또한 열정과 도전은 바늘과 실처럼 함께 가는 것이다. 열정이 있는 사람은 새로운 경험을 하나의 놀이이자 도전으로 생각하기 때문이다. 도전을 통해 마음먹은 바를 실천하는 용기를 잃지 말아야 한다. 끝으로 다이아몬드 박사는 나와 너, 우리에 대한 사랑을 간직하는 것을 중요한 요소로 삼고 있었다. 사람들과 상황을 이해하고 배려하고 그 입장을 고려하며 나누는 따뜻한 대화속에서 같이함의 가치를 발견하며 더 건강하고 행복하게 지낼 수 있다는 말이다. 실제로도 봉사활동을 통해 마음을 나누고 사랑의 표현을 자주하는 사람들이 정서적으로나 육체적으로 훨씬 건강한 슈퍼시니어가 된다는 말도 있다.

'다이어트, 운동, 도전, 새로움, 사랑'이라… 모든 것을 잘 하고 있다 할 순 없지만 삶과 맞닿아 있는 것들, 혹자에게는 삶의 전부가 되기도 한다. 이 다섯 가지 요소가 뇌 기능 향상 에 도움이 된다 안 된다는 차치하고 어쨌든 내 기준에서는 삶을 풍성하고 행복하게 해주는 것들이 아닌가? 나는 모든 사람들이 자신의 삶에서 빛나는 순간을 최대한 오래 유지하 길 바라고 건강한 모습으로 행복하길 바란다. 나는 과연 어 디쯤에 와 있는가를 돌아보는 밤이다.

천천히 멋지게 익어가기

복학생 선배들을 아저씨라 불렀던 시절이 있다. 그래봐야 스물다섯 남짓한 선배들에게 아저씨가 웬말인가? 그땐 그랬다. 나이 스물아홉 즈음엔 김광석의 〈서른 즈음에〉를 들으며 인생 다 산 듯한 느낌으로 "여자 나이 서른, 이제 끝이야"를 외쳤었다. 하지만 서른은 그 어떤 시기보다 풍성했고 행복했고 치열했다. 삶의 의미는 겉모습에 있지 않고 내면에서 뜨겁게 타오르고 형성되는 것이다. 삶의 희로애락을 압축해서 경험한 듯한 내 삼십대도 어느새 막바지에 이르렀다. 하지만 전혀 나이 들어간다는 것에 대한 거부감이 없다. 나이가 들어간다가 아닌 천천히 익어간다라고 스스로 생각하는 덕분인 듯하다.

몇 년 전 일이다. "나 이제부터 지공 선생이다"라는 아버지의 말씀에 아버지가 호(號)를 만드셨나 생각했다. 지공의 의미가 궁금해서 물었다. 그랬더니 "아니 그게 아니라 아빠 나이가 어느새 이렇게 됐네. 지하철 공짜로 이용할 수 있는 나이라는 말이야"라고 헛헛한 웃음을 지어 보이셨던 기억이 있다. 그래서 당시에 아버지가 유독 "내 나이가 어때서~"를 흥얼거리셨나보다. 아버지의 뒷모습이 그날따라 더 작게만 보였다. 세월의 흐름을 몸과 마음으로 받아들이고 한 생을 마무리하는 것이 당연한 일이다. 하지만 불로장생을 꿈꾸던 진시황이나 클레오파트라를 언급하지 않더라도 누구나 늙어가는 것에 대한 두려움이나 불편함을 가지고 있다. 천천히 나이 드는 게 가능할까? 세월의 흐름을 어찌 늦출 수 있을까? 그 생각은 자연의 섭리를 거스를 수 있다는 발상 자체에 오류가 있는 것은 아닐까?

나이 든다는 것은 성숙해짐과 동시에 전에 없던 지혜로움을 함께하는 일이라고 생각하지만 여전히 '꼰대', '늙은이', '쇠한 사람', '나이가 많은 사람'이라는 말들은 그 느낌부터 어딘가 마음이 편치 않다. 나이 드는 것을 두려워하기보다 나 잇값 못하는 것을 두려워해야 한다. 그래서인지 나이 먹으면 입을 닫고 지갑을 열어야 더 오래 함께할 수 있다는 말들을 하나보다. 나 역시 사회 초년생을 벗어나 삼십대 후반이 됐다. 그동안 자유롭게 선택해왔고 선택에 대한 책임을 스스로 감내하며 보냈다. 앞자리가 곧 바뀌기 직전의 나이다 보니 나는 과연 내 얼굴을 어떻게 조각해왔을까, 지금까지의 삶을 돌아보곤 한다. 또 앞으로 어떤 방향으로 나아가야 할지를 고민하게 된다.

사진을 찍을 때 유독 보이는 눈가의 주름과 거칠어진 피부, 그리고 예전보다 쉽게 지치는 체력을 느낄 때마다 예전 같지 않다는 말이 절로 나온다. 그리고 이삼십대 후배들이나 동생들의 그 존재의 싱그러움이 한없이 부러워지고 넋놓고 볼 때가 있다. 아, 나도 어쩔 수 없구나. 이렇게 세월의 흐름을 받아들이며 나이 드는 거구나. 그런데 그 나이듦이 늙어가기보다 익어감이라 믿고 싶다. 나는 나이듦이라는 단어에서 어릴 적 할아버지 댁에 있던 오래된 감나무가 연상된다. 내 키보다 높은 장대를 이리저리 가누지도 못하면서 높은 곳에 있는 홍시를 얻겠다고 낑낑댔었다. 천신만고 끝에 홍시가 땅에 떨어져도 다 터져버렸다. 그래도 좋다며 달디단 홍시를 먹던 그 기억 말이다. 여름내 뜨거운 태양을 온몸으로 받아내며 말랑하고 달게 익은 주홍빛 감들을 주렁주렁 달고 서 있던 감나무. 마음까지 달달해지는 것 같아 기분이 좋아진다.

그렇다. 늙은 고목나무처럼 보이는 감나무였지만 가을이면 우리에게 달달한 추억을 만들어주며 입과 눈을 즐겁게 해주던 추억으로 남았다. 저절로 나이 먹어 필요 없는 이들이 아닌, 잘 익은 열매를 단 감나무처럼 인생의 황금기를 살고자 한다. 오랜 세월 어렵고 험난한 삶 속에서 익힌 지혜를 가지마다 주렁주렁 달고 덕망을 나누어주는 우리 사회에 꼭 필요한 사람이고 싶다. 내가 한참 어려운 시기를 통과할 때 인생 멘토인 지식생태학자 유영만 교수는 자살을 거꾸로 하면 살자가 되듯 역경을 거꾸로 하면 경력이 된다는 말씀을 했다. 그러한 역경들을 우리는 지금까지 수차례 통과해왔고 앞으로도 극복할 것이다. 어마어마한 경력을 지니고 있고 내면에 힘이 있는 사람이 다름 아닌 나 자신이다. 그렇기에 나이 든다는 것은 익어가는 것이고 경력을 쌓아가는 것이고 그로 인해 지혜로워진다는 것이다.

보이는 외면적인 부분에 대한 집착을 버리고 삶을 더 영글게 하는 방향으로 삶을 영위해 나간다면 아름다운 향기를 품고 많은 사람들을 품어주는 넉넉한 마음의 성인이 되어 있지 않을까? 그래서 나는 이제 나이듦이 두렵지 않다. 삶을 열심히 사는 이들은 오히려 자신의 중년 이후가 기대된다고들 말한다. 지금처럼 삶의 매 순간 아끼고 소중히 가꿔가다보면 그때의 내 모습은 얼마나 멋있을까요, 라고 당당히 말하는 그들의 얼굴에서는 빛이 난다. 《지혜롭게 나이 든다는 것》에서는 "나이듦이란, 무언가를 경험하고, 지혜를 획득하고, 사랑하고, 무언가를 잃어버리고, 피부가 쭈글쭈글해지더라도 자기 모습에 대해 편안함을 느끼는 것이다"라고 말한다. 자신의 모습에 편안함을 느끼는 사람이야말로 내 삶은 어디로 가는 것일까? 나는 누구인가? 고민하며 자신의 삶 자체를 부정하는 사람들보다 훨씬 건강하고 행복할 것이다.

많은 이들에게 사랑받고 있는 노사연의 〈바램〉이라는 노래 가사에 "우리는 늙어가는 것이 아니라 조금씩 익어가는 것"이라는 내용이 있다. 나는 이 가사가 정말 좋아 반복해서 듣곤 한다. 그러면서 나는 지금쯤 얼마만큼 익어가고 있을까' 하고 나 자신을 돌아보기도 한다. '아름답게 나이 들기보다 풍성하게 익어가기가 내 인생의 화두다. 아름다움은 내 삶이 풍성해지면 자연스럽게 따라오는 창조적 결실이기에 거기에 대한 집착은 이제 내려두기로 한다. 천천히 익어가기 위해 나는 무엇을 해야 할까? 이런 생각을 하는 자체도 행복하다.

사람을 강하게 만드는 것은
그가 하는 일이 아니라
하고자 노력하는 것이다.

— 어니스트 헤밍웨이(Ernest Hemingway)

〈제3장〉

나를 더 강하게 하고 싶을 때

쓰는 존재로서의 나

오늘도 애를 쓰고 마음을 쓰고 글을 쓴다.

프리랜서라 시간이 자유롭다. 하지만 자기관리를 하지 못하면 평생이 프리해지는 게 프리랜서 작가의 삶 아니던가? 직장생활을 할 때보다 더 확실하게 일정을 체크하고 하루의 리듬이 무너지지 않도록 관리한다. 그렇게 오전 7시부터 12시까지의 시간은 오롯이 그리고 오로지 글을 쓰기 위해 마련된 시간이다. 나는 그렇게 텅 빈 컴퓨터를 마주한다. 의식의 흐름대로 아니 어쩌면 생각의 흐름을 손이 따라잡지 못해 놓칠 정도로 빠르게 전개되는 날이 있는 반면, 뚫어져라 노려보고 얼러도 보고 다른 책들을 뒤적이며 생각의 물꼬를 트러고 아무리 노력해도 한 글자 적어내기가 어려운 날도 있다. 빈 공간을 채우기 위해 애를 쓴다. 애를 써도 제자리임을 느낄 때 나의 능력과 자질을 일백 번 의심해본다. 그리고 생각한다. 나는 왜 글을 쓰는 걸까?

처음엔 복잡하게 얽힌 내 생각을 정리하기 위함이었고, 그 후엔 글쓰기 자체가 가져다주는 즐거움을 만끽하고 싶어서였고, 특별하게 경험한 것들을 나누기 위함이었다. 그리고 무엇보다 내 삶을 더 단단히 부여잡기 위해 글을 쓰고 있다. 한 자 한 자 생각을 눌러 담는다. 가장 어려워하지만 좋아하는 시간이며 여유를 찾는 시간이다. 글을 쓰는 것은 단순히 손가락을 움직여 해결되는 사안이 아니다. 한 줄의 글을 위해, 이 문장에 딱 들어맞는 단어를 생각해내기 위해 부단히 머리를 쓰고 몸을 쓴다. 그 속에서 성공과 실패를 거듭하고 성장하며 자신의 존재를 확인한다.

쓴다는 것은 소통하고 싶은 갈망을 또 다른 방식으로 표현하는 것일 수도 있다. 글을 쓸 때 철저하게 자신과 대면하며 내 안을 보는 편이다. 그래서 글을 쓸 때 집중을 위해 혼자이고 싶다. 하지만 혼자임에 익숙하지 않다. 독립적인 존재이나 그 이면에 파고드는 외로움의 깊이 역시 가늠할 수가 없다. 이렇게 양가감정의 소용돌이 속에서 글을 건져올린다. 고독은 자신의 내면을 보게 하고 그렇게 자신의 문제를 확인하는 자는 인간의 문제를 발견할 수 있다는 것을 믿으며 외로운 작업을 이어간다. 작업은 그럴진대 작가로서의 삶 자체가 안으로만 향해 있어서는 안 된다. 동시에 최대한 많은 세상을 만나고 경험해야 한다. 그래야 쓸 수 있다. 나는 실천적 삶과 사유의 삶 그 어느 경계에 머물러 있다고 스스로를 표현한다. '경험주의자'라고 당당하게 말하기도 한다. 나를 토해내고 너와 통하기 위해서. 결국, 인간다운 삶을 위해, 자아실현을 위해 기를 쓰며 살아간다.

그리고 지금 이 순간에도 누군가에게 끊임없이 마음을 쓴다. 나에게 마음을 쓰는 사람, 내 마음이 쓰이는 사람이 있는 것만으로도 가슴은 충만함으로 가득 찬다. 서로 마음을 쓴다는 것은 영혼과 영혼이 결합하는 일이며 기꺼이 서로의 삶에 동참하겠다는 의지의 또 다른 표현이다. "살아감이란 함께 살아감을 의미한다." 〈배움에 관하여〉에 있는 구절처럼 서로에게 마음을 쓰며 함께 살아가고 있다.

여자는 자리에서 일어나 옷깃을 여미고 화단(花壇)에서 금잔화(金盞花) 한 포기를 따 가슴에 꽂고 병실 안으로 사라진다. 나는 그 여자의 건강이 — 아니 내 건강도 속히 회복되기를 바라며 그가 누웠던 자리에 누워 본다.

윤동주 시인의 〈병원〉이라는 시의 일부다.

마음을 쓰는 상대가 가족이나 지인일 수도 있고 또 다른 누군가가 될 수도 있다. 물론 마음을 쓴다고 해서 서로의 아픔을 모두 껴안을 수 없다. 마음을 쓴다 하여 나는 너일 수 없고, 너도 나일 수 없기에 서로의 아픔과 고통을 모두 이해할 순 없지만 다만, 그 여인(상대)이 누웠던 자리에 내가 누워보면서 노력하는 것만으로도 서로의 삶은 이해되고 따뜻해진다.

작년부터 따뜻한 온정과 관심이 필요한 학생들을 만나고 있다. 매달 두 번의 만남을 지속하고 있는데 그곳의 아이들이 자신의 삶을 더욱 사랑하기를 바라는 마음으로 뜻을 모아 함께하는 사람들이 늘어나고 있다. 그들의 삶과 마음을 가만히 느껴보고 기꺼이 함께하려는 마음이 전달되길 바라며 앞으로도 나는 계속 마음을 쓸 것이다.

단순히 글을 쓰는 존재에 국한되기보다 부단히 애를 쓰고, 마음을 쓰고 기를 쓰며 나아가고자 한다. 인간은 시간을 쓰고 돈을 쓰고 몸을 쓰기 위해 태어난 존재다. 지금도 앞으로도 계속해서 나는 쓰는 존재이고 싶고 내 쓰임에 대해 깨어 있고자 한다.

진심은 언제나 통한다

약속은 말로 이루어지고 행동을 통해 지켜진다. 그래서 그 말의 무게는 상당히 묵직하고 "해놓은 약속은 미지불의 부채이다"라는 R. W. 서비스의 표현처럼 행동에 책임이 뒤따른다. 약속은 믿음과 동의어다. 더불어 믿음은 진정성을 바탕으로 하고 있다. 믿음은 한자로 信(신)이다. 사람 인(人)과 말씀 언(言)의 합자로 사람의 입에서 나온 말에 거짓이 없어야 믿음이 생긴다는 것을 표현한다. 거짓 없는 마음으로 말과 행동이 일치되는 모습으로 삶을 살아가는 이들을 보면 존경심이 절로 생긴다.

이러한 약속을 저버리는 것은 거울의 유리에 금이 가는 것과 같다. 한번 금이 간 유리는 처음으로 되돌리기 어렵다. 이처럼 금이 간 관계를 회복하기란 쉽지 않다. 하지만 사람이기에 간혹 실수하는 경우가 발생할 수도 있다. 그렇지만 진정성으로 쌓아올린 신뢰의 탑이 어느 순간 무너진다고 할지라도 진심으로 세상을 살아온 사람에 대한 신뢰는 무너지지 않는다. 설혹 무너진다고 할지라도 평소의 인간관계로 보아 금방 회복될 수 있다. 그 진심을 서로 느끼기까지는 시간이 필요하다. 그래서 진정성은 시간성이다. 하지만 진심이 아니라 사심이나 흑심을 품고 인간관계를 어떤 목적을 달성하기 위한 수단으로 생각해왔다면 오래 지속되지 않을 뿐만 아니라 어쩔 수 없는 실수나 실패가 발생하면 순식간에 무너질 수 있다. 그리고 영원히 실기하게 된다.

지금도 생각하면 등줄기에서 땀이 쭉 흐르는 느낌이 들 만한 경험이 있다. 5년 전의 일이다. 그날은 강의 일정이 오후여서 오전에 업무 관련 미팅을 잡아둔 상태였다. 여느 때처럼 약속 시각 30분 전에 도착하기 위해 여유 있게 집을 나서서 이동 중이었다. 전화벨이 울려서 보니 내가 자주 출강을 하는 기업의 교육 담당자였다. 그 기업에서 6차수의 교육이 잡혀 있던 시기라서 강의 관련해서 할 이야기가 있나보다 생각하고 전화를 받았다. "강사님, 언제쯤 도착하세요?"라는 담당자의 말에 순간 얼음이 돼버렸다. 내 일정표에는 오늘이 아닌 이틀 후로 체크가 돼 있는 상태였기에 자초지종을 설명했다. 일정 여러 개를 서로 조율하다가 오늘 강의 날짜가 이틀 후로 연기가 된 것으로 잘못 알고 있는 상황이 생긴 것이다. 강의하면서 처음으로 생긴 실수였다. 나는 늘 해당 업체 강의를 갈 때 1시간 전에 도착했다. 그것을 담당자가 아는 상황이었기에 늘 1시간 전에 도착하던 강사가 오지 않으니 걱정스러운 마음에 내게 연락을 한 것이다. 그러고는 늦어도 괜찮으니 조심히 와달라는 부탁을 했다. 나는 부랴부랴 미팅하기로 한 분께 양해를 구하고 차를 돌렸다. 그 당시 강의 장소는 천안에 있는 연수원이었는데 내가 있는 곳에서 2시간 정도 걸리는 거리였다.

지금 당장 출발해도 9시 시작 강의에 한 시간이나 늦게 되는 상황이었다. 일찍부터 기다리고 있을 교육생들에게 미안한 마음과 기본적인 실수를 한 자신에 대한 질책 등 여러 마음이 교차했다. 서둘러 운전을 해서 겨우 연수원에 도착했다. 이미 강의 시간 한 시간을 훌쩍 넘긴 시각이었다. 평소 시간에 대한 강박까지는 아니지만 늘 여유를 가지고 움직였던 나였기에 불안하고 초조한 마음을 누를 길이 없어 어쩔 줄 몰라했다. 땀을 뻘뻘 흘리며 미안한 마음에 조심스레 강의장 문을 열고 들어갔는데 생각지 못한 박수와 함성이 나를 반겨주었다. 나는 그 자리에 그대로 얼음이 돼버렸다.

얼어 있는 나를 보고 담당자는 청중에게 이렇게 부탁했다. "언제나 한 시간 먼저 도착해서 강의장을 둘러보고 준비를 끝내는 선생님인데 상호 커뮤니케이션 실수로 늦게 됐습니다. 놀라고 미안한 마음 안고 먼 길 달려와주신 강사님에게 큰 박수로 괜찮다는 응원 부탁합니다." 그의 한 마디에 눈물이 그렁그렁 맺혔다. 누군가에게 보여주기 위해서 한 시간 전에 도착했던 것이 아니다. 강사로서 이 일을 시작하면서 내가 세운 가치 판단의 기준에 따라 움직였던 것이다. 일부러 한 행동이 아닌 평소 나를 딜레마 상황에서 바른길로 인도하는 도덕규범이자 흔들려서는 안 되는 핵심가치 중의 하나, 진정성, 신뢰, 믿음, 그리고 진심 어린 노력 덕분에 상대에게 믿음을 잃지 않았고 실수를 했음에도 다시 한 번 기회를 얻을 수 있었다.

오랜 시간은 아니었지만 그동안 쌓아온 상호간의 신뢰와 진심을 알아봐주고 이해해주며 넓은 아량을 보여준 당시의 담당자에게 다시 한 번 감사의 인사를 하고 싶다. 여러 경험을 통해 내린 결론이다. 내가 가장 기본적인 가치로 생각하는 것이 진정성이다. 사람이 진정성이 있는지 없는지를 알기는 쉽지 않지만 그럼에도 진정성을 갖고 임하는 사람들의 공통적인 몇 가지 특성이 있다. 우선 진정성이 있는 사람은 모든 일에 임할 때나 사람을 마주할 때 눈빛이 다르다. 눈빛을 보면 그 사람이 지금 진심으로 나와 마음을 나누고 이야기를 들으려고 하는지 알 수 있다. 진정성은 그래서 진심에서 비롯된다. 진심이 아니라 사심(邪心)으로 대하면 벌써 눈빛부터 다르다. 이전에 어떤 일이 있었어도 깨끗하게 잊어버리려고 노력하면서 오로지 지금 이 순간에 최선을 다하려는 열망의 눈빛이 상대에게도 전해진다.

둘째, 진정성이 있는 사람은 몸동작과 표정관리가 다르다. 할 수 없이 친절 서비스나 이미지관리 교육을 받은 사람이 어쩔 수 없이 또는 마지못해서 보여주는 인위적인 모습에서는 진정성을 찾아보기 어렵다. 진정성이 있는 사람의 자세와 태도는 금방 눈으로 느껴진다. 셋째, 진정성이 있는 사람은 남의 이야기를 들으려고 노력하는 모습이 남다르다.

진정성이 있는 사람은 누구보다도 남의 이야기를 잘 들어준다. 진정성이 없는 사람은 시계를 보거나 자꾸 밖을 내다보면서 표정에 불안한 기색이 역력하다. 그런데 진정성으로 소통에 임하는 사람들은 상대와 불편하지 않은 적당한 거리를 유지하면서도 동시에 한 마디도 흘려듣지 않고 성심성의껏 들어보려는 경청의 자세가 확연히 다르다. 내가 모든 것을 이해할 수는 없지만 지금 이야기하고 있는 바로 당신과 같은 입장이고 공감한다는 표정을 동시에 보여주는 것이다.

진정성이 있는 사람은 사람을 대할 때뿐만 아니라 어떤 일을 하든지 이상에서 설명한 것처럼 최선의 노력을 경주하면서 오로지 진실한 사랑으로 임한다. 진정성으로 승부하는 사람은 표정과 자세는 물론 그 일을 왜 하는지도 남다르다. 진정성이 없는 사람의 일은 남에게 보여주기 위한 일이다. 이들은 일 자체에서 재미와 의미를 찾고 보람과 가치를 창조하기보다 일자리에 목숨을 건다. 일보다 자리에 관심을 두는 사람일수록 내가 왜 이 일을 하는지에는 관심이 없고 그 일을 하면서 남에게 무엇을 보여주고 과시하고 싶은지에 관심이 집중돼 있다. 그리고 항상 비교의 기준도 남보다 잘하는 데 있다. 반면에 진정성으로 일에 임하는 사람은 일자리보다 일을 통해 자신이 살아가는 이유와 의미를 드러내는 데 전력투구한다. 그래서 이들은 항상 남보다 잘하기보다 어제의 나와 비교해서 전보다 잘하려고 열정적으로 몰입한다. 진정성으로 일에 임하는 사람은 위대한 성취를 이루어서 만족감과 성취감을 맛보는 데도 관심 있지만 더욱 중요한 것은 일 자체를 목적으로 보고 일하는 과정에서 행복감을 맛본다. 진정성이야말로 감언이설로 포장할 수 없고 시간이 지날수록 빛을 발하는 영역이다.

눈부신 자유를 찾아서

직장생활을 하다가 자신의 꿈을 따라 작은 가죽공방을 시작한 선배가 있다. 얼마 전 선배 공방에 찾아가 이야기를 나눴다. 원해서 선택한 삶인데 표정이 그리 밝지 못한 선배는 비싼 월세와 생각보다 많이 찾아오지 않는 수강생들 때문에 경제적인 어려움을 겪고 있다고 말했다. 월세 내는 날은 어찌나 빨리 다가오는지 모른다며 웃는 그녀의 모습 뒤로 아픔이 느껴졌다. 경제적 자유를 경험하고자 선택했던 지금의 모습을 조금 후회한다고 했다. 남편에게 부담을 주는 것 같은 미안함에 1년 정도 버텨보고 다시 회사에 들어갈지 말지를 고민한다고도 했다. 스스로 비싼 감옥을 지어놓고 그 속에 갇혀 있는 기분이라는 그녀의 말이 지금도 가슴을 찌른다. 아파도 문을 닫을 수 없고, 점심식사조차 편하게 먹지 못하며 하염없이 누군가를 기다려야 하는 지금이 익숙지 않음을 스스로 지은 감옥이라 표현하던 선배의 모습이 자꾸만 아른거린다.

나는 28세에 안정된 직장을 나와 프리랜서의 삶을 선택했다. 부모님의 만류와 주변의 염려에도 내 마음이 시키는 것을 따랐다. 물론 현실이 녹록치 않았지만 돌아갈 곳이 없다는 것은 나에게 절망이 아닌 힘을 내는 원동력이 되었다. 하루하루를 더 열심히 쪼개서 생활했다. 직장인의 일상에서 벗어나는 것이 시간의 자유가 보장되는 것은 아니었다. 오히려 그 반대로 자기관리에 더 힘쓸 수밖에 없었다. 오로지 내 이름 석 자로 세상에 던져졌기에 모든 기회와 순간이 소중했다. 대체 가능한 사람이 되는 것이 두려워서 나만의 콘텐츠를 고민했고 그 고민을 책에 담았다. 그렇게 한 분야에서 일한 지 10년차다. 글을 쓰고 강연을 하고 교육프로그램을 기획하고 과정을 운영했다. 그러면서 대학원 공부를 병행하며 부족한 것을 알아가는 시간을 보냈다. 경제적 자유를 위해 달리다보니 내 삶의 자유가 잠식되더라.

이 지리한 과정이 언제 끝나게 될까? 아마도 영원한 잠에 빠져들기 전까지 먹고사는 문제를 해결하기 위해 지속되지 않을까? 언제 끝날지 기약이 없기에 희망을 품기가 어려운 것이 현실이다. 나는 그 고리를 끊어내고 싶었다. 그래서 나는 지금의 의도적 빈곤 상태가 좋다. 상황이 넉넉해서 이런 심리적 호사를 누린다고 오해하지 않기를 바란다. 결국 기준의 문제다. 삶의 기준을 어디에 두느냐에 따라 무한한 편안함을 느낄 수 있다. 경제적 자유가 존재할 수 있을까? 어느 정도면 만족할 수 있을까? 물론 인간으로의 품위를 유지하고 살아가기 위해 경제적 자유는 중요하다. 어느 정도의 수입이 보장되어야 함도 당연하다. 보이기 위한 삶인지 내 마음을 들여다보는 삶인지에 대한 기준만 명확하면 경제적 자유는 자연스럽게 따라오는 창조적 결실이다.

예전에 사라지는 전통시장에 대한 다큐를 본 적이 있다. 시장이 사라져 몇 십 년간 장사하며 자식들을 키워낸 터전을 옮기는 주름살 깊은 상인과 아버지를 돕고 있는 남성의 모습이 나오고 있었다. 손때 묻고 세월의 흔적이 역력한 도구들을 옮기는 날, 하필 비가 내리고 있었다. PD는 그의 마음을 위로하고자 "비 오는 날 이사하면 부자 된다는 말이 있는데, 선생님 아마 더 부자 되실 거예요"라며 말을 건넸다. 그 말에 그는 옅은 웃음을 지으며 "나는 이미 부자요"라고 말했다. 아들과 함께 짐을 옮기는 이 순간 부자(父子)가 함께하고 있으니 마음만큼은 부자가 아니겠는가라는 그의 말에 나는 깨달음을 얻었다.

우선 '자유'의 의미부터 생각해볼 노릇이다. 자유는 '타인의 의지에 종속 받지 않는 상태'다. 말 그대로 돈에 종속되지 않고 비굴하지 않으며 삶의 만족을 느끼는 상태다. 하지만 사람들은 욕구와 욕망의 구분이 모호해서 자꾸만 더 큰 무엇을 원하게 된다. 적어도 나는 그랬다. 어릴 때 친구들이 만날 때마다 들고 나오는 명품가방이 부러웠었고 부모님이 사주셨다는 외제차도 부러웠다. 금전적인 부담 없이 여행을 다니고 취미활동을 하는 사람들의 모습에서 나는 왜 저렇게 못하지, 한없이 비교하며 작아졌다. 모든 갈등은 마음속에 있었다. 아무리 그런 것들을 취해도 스스로의 가치를 높이지 못한다면 더없이 초라하고 공허한 일이라는 것을 알았다. 그때부턴 밖이 아닌 나를 채웠다. 능력을, 경험을 쌓았다. 그리고 모든 것을 내려놓았다. 결국 삶에서 중요한 것은 경제적 자유가 아닌 심리적 자유와 시간적 자유라는 것을 알게 됐다.

　집필에 집중하는 동안은 수입이 없다. 온전히 몰입하는 시간이 필요하기에 강연 의뢰가 와도 상황을 설명하고 정중히 거절한다. 통장에 잔고가 많이 쌓여 있기 때문은 아니다. 나를 믿기 때문이다. 건강하기만 하면 기회는 만들 수 있다. 이렇다 할 재테크 방법은 아니지만 내 방식대로의 경제적 자유를 내려놓음으로 경험하고 있다. 참 마음이 편하다. 내 마음 안에 모든 답이 있음을 알게 된 것이 참 다행이기도 하다.

나를 빛나게 하라

내 안에 빛이 있으면 스스로 밖이 빛나는 법이다.

가장 중요한 것은 나의 내부에서 빛이 꺼지지 않도록

노력하는 일이다.

— 알버트 슈바이처(Albert Schweitzer)

러닝과 관련된 사진과 글, 자료들로 꽉 차 있는 SNS 계
정, 삶의 한 부분을 보고 '운동선수로 전향하신 건 아니죠?',
'요즘 일은 안 하세요?'라는 질문들을 건네 온다. 하루라는 시
간 동안 일하고 글을 쓴다. 그러면서 누군가와 소중한 한 끼

를 함께하기도 하고, 앞으로 진행할 무언가와 관련된 미팅도 한다. 러닝을 하거나 다른 운동을 하는 건 24분의 1에 지나지 않는다. 다른 일상은 표현하지 않을 뿐이다. 하지만 일면식도 없고 단어 하나 서로 섞어보지 않은 채, 하고 있는 일, 소속과 직책, 그리고 SNS 속 모습 등등 보이는 것을 통해 '나'라는 사람은 매번 누군가에게 유추되고 정의 내려진다.

'사실 나 그런 사람이 아닌데…'에는 실제의 나보다 과하게 포장된 또 다른 '나'에 대한 부담이 담겨 있거나, 자신의 속내를 모른 채 이야기하는 사람들에 대한 원망 내지는 억울함이 포함되어 있다. 과연 나는 누구인가? 강연가? 작가? 러너? 유형적으로 표현하고 수식할 수 있는 껍데기 말고 영혼의 주파수를 맞추고 오랜 시간을 함께해야 알 수 있는 내면의 것들은 어떻게 증명해야 하는 걸까?

우선 나는 '삶과 소통의 본질'에 대한 글을 쓰고 강의를 하는 것이 자신의 존재를 증명하는 길이며 천직이라 생각하는 사람이다. 그 속에서 새로운 경험과 마주치며 익숙함과 안일함의 틀을 깨고 깨달음의 즐거움을 얻으려 노력한다. 교통사고 후 보통의 오늘을 사랑하게 됐고 아직 철학의 '철'

도 모르지만 어쩌다 철학을 사랑하게 됐다. 그렇게 새롭게 마주치는 삶의 모든 것들을 사랑하게 됐다. 무엇보다 어제보다 나은 오늘, 오늘보다 가슴 뛰는 내일을 열어가기 위해 새로운 것에 뛰어드는 것을 두려워하지 않는 경험주의자로 기억되길 바란다. 그리고 지금은 러너로 달리기를 통해 새로운 삶을 열어가고 있다'라고 소개하면 나를 증명하는 것이 되는 걸까? 이러저러한 다양한 이력이 충만한 삶을 설명하는 것은 아니다. 보이는 모습 이면에 쓸쓸한 마음이 자리 잡고 있는 경우도 많다.

스스로를 증명하는 것이란 무엇일까? 내 이름 석 자로 세상에 당당하게 맞서는 힘. 스스로를 추동하는 힘은 외부에서 흡수되기보다 내부에서 발현된다는 것이 내 생각이다.

Don't be satisfied with stories,

how things have gone with others.

Unfold your own myth.

— Rumi

마지막 구절을 '당신의 신화는 이미 당신 안에 내재되어 있다'로 해석해 강연 말미에 인용하기도 한다. 잘라루딘 루미의 말처럼 나를 증명하는 것은 내 안에 잠들어 있던 가능성을 깨우는 것이고 그것이 내부로부터 빛이 날 수 있는 방법이라 믿는다. 그리고 그 믿음은 실천적 삶(경험)과 사유의 삶(배움)을 살도록 했다. 나만의 스토리를 만드는 여정 위에서 경험하고 생각하고 부단히도 노력한다. 내 안에 있는 가능성을 깨우는 것은 경험하고 그 경험을 사랑하며 최선을 다하는 것이다. 내 마음이 원하는 바를 실행하고 그 순간을 온전히 즐길 뿐이다. "지지자불여호지자, 호지자불여락지자(知之者不如好之者, 好之者不如樂之者). 어떤 사실을 아는 사람은 그것을 좋아하는 사람만 못하고, 좋아하는 사람은 즐기는 사람만 못하다"는 진리를 어찌 거스를 수 있겠는가? 자신 안의 가능성과 밝은 빛은 무언가에 몰입해서 그것을 진정 즐기는 순간 밖으로 드러난다. 나는 그렇게 나를 증명하고 있다.

'나는 경험주의자다.' 경험을 통해 배우고 사유한다. 동양의 배움은 '내 몸에 뱄다'를 의미한다. 실천하는 삶을 통해 몸에 밴 그 무언가를 통해 배우고 알아간다. 그래서 머리형 인간이라기보다 발로 뛰는 인간이다. 생각의 발로(發露)는

'발'에서부터 시작된다는 말도 있다. 실천적 삶을 통해 경험을 쌓고, 그 경험을 통해 사유하는 능력이 생긴다. 사유하는 능력이 생길 때 무엇을 행해야 할지가 명확히 보인다. 곧 사유의 삶이 실천적 삶이며, 이쯤 되면 두 가지에 경계를 두는 것 자체가 무의미하다. 다시 말해 작가로서의 나와 러너로서의 나는 대립적 개념이 아닌 동일한 내가 만들어가는 몸과 마음의 대칭적 균형 상태를 의미하는 것이다.

이렇게 쌓아가고 있는 발걸음을 응원해주는 사람들이 생기고 그들과 더불어 걸어가는 앞날이 더욱 기대가 된다.

167

성장은 변화를 찾는 것부터

　　카톡으로 음성 메시지가 도착했다. 2017년 여름, 캐나다에서 함께했던 사랑이와 믿음이의 "이모 사랑해요"라는 짧은 메시지다. 캐나다에서 태어나고 자라서 한국말이 서툰 아이들이 조금은 어눌하지만 귀여운 목소리로 전해주는 메시지에 저절로 이모 미소가 지어진다. 함께 찍은 사진들이 많았는데 백업을 하기 전 전화기 초기화로 다 사라진 상황이라 아쉬움이 컸는데 이렇게라도 목소리를 들으니 참 좋았다. 아이들과 함께하며 남루해진 영혼이 사랑으로 충만해지고 나약해진 몸뚱이 역시 에너지로 충전됐던 그때의 기억은 내 인생에 소중한 한 컷으로 남아 있다.

그때의 나는 변화가 필요했다. 변화의 필요성만 인지했을 뿐 그렇다 할 계획은 없었다. 다녀온 이후의 생활에 대해 걱정이 없었다면 거짓말이지만 그때는 어디서 그런 대책 없음의 에너지가 나왔는지 모르겠다. 갑작스레 모든 것을 내려놓고 캐나다행 비행기에 몸을 싣게 됐다. 위기는 변화를 동반하고 변화는 위기의 돌파구가 된다는 것을 스스로에게 주입하며 공간과 삶의 변화가 나에게 또 다른 기회가 되길 기도했다.

캐나다에서의 생활은 느림의 미학, 그 자체였다. 그곳에서 지내는 시간 동안 아이들과 저녁 산책을 가거나 공원에 자주 갔었다. 어디에 자리 잡으면 좋을까라는 내 말에 "이모! 저쪽이 더 peaceful해!"라며 달려가던 모습이 생생하다. peaceful…. 정신없는 일상 속에서 묻혀 지냈던 나와는 동떨어진 느낌의 단어였다. 그렇게 조금씩 캐나다 생활이 몸에 익을 때였다. 한번은 버스를 타고 이동하는데 십여 분이 지나도 버스가 움직이지 않았다. 앞을 보니 대형트럭이 좁은 길을 막고 서 있는 상태였다. 승객들은 아무런 동요 없이 책을 보거나 눈을 감고 있었다. 그 속에서 마음이 급한 사람은 나 하나였다. 약속도 없고 굳이 빨리 갈 필요도 없는데 말이다. 어쩜 이렇게 느긋할 수 있을까? 사실 여행다운 여행을 간 게 그때가 처음이었고 한 장소에 그렇게 오래 머물러본 경험도 최초였기에 낯선 이방인에게 그런 모습과 문화는 생소하게 다가왔다. '아, 그렇지 쉼이 필요해서 여기에 온 거지. 그럼에도 불구하고 여기서도 그동안의 생활습관 때문에 숨이 막히고 있었구나'라는 생각이 머리를 스친다. 쉼이 필요해서 온 곳에서 숨이 막혀서야….

아이들은 이모 껌딱지가 되어 늘 함께했다. 그중 매일 저녁마다 자전거를 탔던 기억들이 재생된다. 공원에서 많이 걸은 탓에 운동량이 상당했던 어느 날, 언제나처럼 아이들은 자전거 탈 생각에 들떠 있었다. 쉴까 하는 생각도 들었지만 잠깐이라도 함께하고 싶어 몸을 일으켰다. 30분 정도 함께 자전거를 타다가 앞서가는 아이들에게 외쳤다. "사랑아 믿음아, 이모가 오늘은 힘들어서 쉬어야 할 것 같아. 둘이 조금만 더 놀다 와!" 앞서가던 둘째 믿음이는 내 말에 "이모 쉬야 마려워? 그럼 빨리 가야지"라며 집 쪽으로 방향을 튼다.

이런, '쉬어야 해'를 '쉬야 마려워'로 들은 것이다. 그런 아이가 귀여워서 한참을 웃었다. 이렇게 아이들의 순수함에 동화되어가는 나를 발견했다. 아이들 덕분에 현재를 온전히, 제대로, 만끽할 수 있었다. 그리고 동시에 "빠름은 망각이오, 느림은 기억이다"라는 밀란 쿤데라의 《느낌》 중 한 구절이 계속 머리에 맴돌았다. 멈춰 서 있었기에 담을 수 있었던 일상의 소중함과 자연의 아름다움, 그리고 내면의 치유. 이제 보니 느림은 기억으로 남고 기억은 추억인 듯하다. 한국에 돌아와서 그간의 공백을 마주하고 여러모로 답답하기도 하고 막막하기도 했다. 그럴 때면 가끔 캐나다에 있을 때 순간의 감정을 담아 끄적였던 글들, 메모들을 보며 에너지를 얻었다.

다시 오지 않을 2017년의 여름. 아픈 일도 있고 위로가 필요한 일들도 있었지만 그래도 그 여행은 그때가 아니면 가지 못할 여행이었기에 참 잘 다녀왔다고 말해주고 싶다. 헤르만 헤세의 소설 《유리알 유희》에 "외관상의 추락은 어쩌면 전혀 추락이나 불행의 감수가 아니라 하나의 도약이며 과감한 실행이었는지 모른다"라는 구절이 있다. 와신상담(臥薪嘗膽)의 마음으로 더 높이 날기 위해 잠시 잠깐의 내려감과 내려놓음은 삶에서 엄청난 기회가 될 수 있음을 나는 느꼈다. 이 기회가 물질적 측면이라기보다 삶을 더 충만하게 살 수 있도록 이끌어주는, 돈으로 환산할 수 없는 가치를 지녔다는 것을 이야기하고 싶었다.

그동안 많은 변화와 역경을 통해 얻은 만큼 나를 잃어도 봤다. 무언가를 잃거나 놓치고 나면 아쉬움과 후회가 밀려든다. 잃어보거나 놓쳐보지 않는 한 모르고 지나쳤을지도 모르는 감정들이다. 하지만 잃어버리지 않았다면, 떠나오지 않았다면 여전히 무심했을 그 무엇들에 대해서 생각해보고 싶다. 건강도, 사랑도, 청춘도, 자신의 일에 대해서도 말이다. 어떤 모습으로 그려나가고 채워갈지 알 수는 없지만 매번 무언가를 다짐하고 계획을 하는 순간은 나에게 엄청난 에너지를 가져다준다. 정치 이론가이자 사상가 안토니오 그람시가 "낡은 것은 죽어가고 있는데 새로운 것은 태어나지 않는 혼돈상황을 '위기'"라고 정의한 것처럼 낡은 혹은 이미 지나가버린 것들을 답습하고 머물러 있는 것이야말로 삶의 '위기'가 아닌가 생각한다. 물론 지금의 희망찬 혹은 결의에 찬 다짐이 이 순간에만 붙들려 있지 않도록 무엇을 해야 할지 진지하게 고민해봐야겠지만 말이다.

나이와 성별을 떠나 한 사람의 삶을 들여다봤을 때 드라마 아닌 삶이 없다고 한다. 누구나 자신만의 삶 속에서 변화를 경험하고 위기에 직면하며 대체로 힘들고 가끔은 행복한 자신만의 이야기를 써 내려가고 있다. 위기는 위험한 기회라고 하듯, 변화를 통해 위험을 기회로 승화시키는 경험들을 쌓다보면, 내 삶에 대한 애착은 더 깊어지며 삶의 가치들은 더 명료하게 드러난다. 그 진실된 여정 위에서 소중한 사람과의 관계는 더 가까워진다. 삶에서 돌파구가 필요하다면 변화를 통해 당신 앞에 열려 있는 새로운 가능성들에 집중해보길 바란다.

꽂혀야 쌓고 강해진다

꽂혀야 가고, 꽂히면 간다. 그렇게 꽂혀서 히말라야 등반을 다녀왔다. 아침이면 추위에 잔뜩 구부리고 잤던 몸 여기저기가 삐걱거렸다. 신발에 묻은 눈이 자고 일어나도 그대로 얼어 있는 추위가 낯설었다. 물이 닿으면 체온이 내려가서 고산증세의 위험이 높아진다고 우리 일행은 물티슈로 얼굴과 몸을 닦아가며 산행을 계속했다. 그렇게 해서 4130미터에 올랐을 때 언니들과 껴안고 기쁨을 나누는데 서로 냄새가 어찌나 나던지 아직도 그 냄새는 기억 속에 강하게 자리 잡고 있다. 별다른 준비나 훈련 없이 기초체력만 믿고 떠난 히말라야 안나푸르나에서 나는 처음으로 내면과 대화를 할 수 있었다. 얼마 전에 히말라야 산행을 다녀온 또 다른 지인을 만나서 그때의 기억을 물었다. 그가 한마디 했다. "그때 그 기억으로 살고 있어요"라고 말이다.

그뿐인가? 꽂혀서 글을 썼고 5년 전 첫 책을 품에 안게 됐다. 그리고 여전히 글을 통해 마음을 전하고 있으니 이 어찌 기쁘지 않은가? 아직은 글을 쓸 시기가 아니다. 그리고 그렇게 꽂혀서 지금은 미국 이타카에 와 있다. 3주라는 시간을 비우는 게 쉬운 일은 아니다. 부담도 되고 두려움도 있다. 하지만 자연을 벗삼아 함께하는 시간이 필요했기에 이렇게 떠나왔다. 단조로운 일상이지만 이곳에 오니 그간의 긴장이 풀리고 생각이 유연해진다. 매일 아침 구름에 감탄하고 새소리에 눈을 뜬다. 집에서 5분 거리에 청정한 공기가 가득한 트레일이 있고 그 속에서 나는 점점 투명해지고 있다. 떠남은 잘 돌아가기 위함이라고 한다. 내 자리, 내 일, 내 사람들에 대한 고마움도 가슴 벅찰 만큼 자라난다. 떠나지 못할 이유는 정말이지 대형트럭 가득히 있다. 지금의 일을 놓지 못해서, 시간이 없어서, 비용이 많이 들어서, 해야 할 일들이 많아서. 그렇다 나 역시 이 모든 것에 해당된다. 하지만 그래서 주저한다면 앞으로도 여전히 제자리에서 다른 곳을 그리

위하며 살게 될 것이다.

그리고 2019년 7월에는 250킬로미터 고비사막을 건너는 레이스에 참여하기 위해 몽골에 갔다. 다들 만류했다. 굳이 사막까지 가서 왜 달려야 하는 건데, 라며 말이다. 거창한 이유는 필요치 않다. '사막'이라는 단어만 들어도 가슴이 벅찼다. 설렘으로 충만한 감정이 드는 것만으로도 할 이유는 충분했다. 뭐든 그랬다. 해보지도 않은 강의가 하고 싶었고, 본 적이 없는 책을 쓰고 싶었다. 히말라야 역시 가본 적은 없지만 그곳에 나를 데려다놓고 싶었다. 그렇게 마음에서 원하는 것을 실행할 때 너무나 행복했다. 사막에 가는 것도 같은 이유다. 어떤 상황에 놓일지 예상할 수 없는 곳이고 막연한 이미지만 있는 곳이지만 이른바 꽂혔기에 간다. 그곳에서 어떤 것들이 펼쳐질지는 알 수 없지만 나는 가보고자 했다. 그렇게 마음의 소리에 귀 기울이며 살고 있다.

세상 모든 사람들은 하고 있는 철학공부 열심히 해서 박사가 되고 대학에서 강의를 하는 게 지금 커리어에도 앞으로도 도움 되지 않느냐고 이야기한다. 물론 그렇겠지만 여태 그렇게 정해놓은 길을 걸어오지는 않았다. 어찌 보면 대책 없이 느껴지고 무모해 보일 일들의 연속이었다. 갑자기 연극무대에 서지 않나, 노래를 하지 않나, 이 모든 경험이 지금의 나를 만들었다. 운명을 거부하지도 그대로 받아들이지도 않고 있다. 이 역시 짜인 운명의 틀 안에 있는지는 확인되지 않았다. 앞으로도 마음의 부름에 부지런히 응답할 것이다. 어떤 일에 대한 순위가 중요하거나 결과가 중요한 것도 아니다. '나는 선택하는 행위자이며, 자유로운 행위자, 그리고 그 일에 책임지는 행위자'로 사는 실존적 인간이고 싶을 뿐이다.

지금의 작은 망설임들이 모여 큰 미련이 되는 것을 원치 않는다. 그래서 꽂히면 간다. 너무 자주 다양한 것에 꽂히는 게 문제라면 문제일까? 하나뿐인 인생을 걸고 하고 싶은 것이 무엇인지조차 알 수 없는 삶을 산다는 것은 살았지만 죽어 있는 셈이다. "시작하는 방법은 그만 말하고 이제 행동하는 것이다"라는 월트 디즈니의 말처럼 '그냥 시작하는 힘'만큼 새로운 일을 시작할 때의 주저함과 두려움을 덜어주는 것은 없다. 인간의 삶은 무한한 가능성으로 가득 차 있다. 그 가능성을 발견하고 실현하기 위해서는 시작하는 용기가 필요하다. 나 역시 안정을 보장해주는 직장을 그만두고 강사가 되기로 결심했을 때 부모님의 반대, 지인들의 걱정 어린 시선이 발목을 잡았지만 그냥 시작했다.

어떤 행위를 통해 얼마나 벌 수 있고 얼마나 성공할 수 있을지에 대한 관심은 전혀 없다. 마음의 소리에 귀 기울였고 실행했을 뿐이다. 처음부터 일의 본질과 그 일이 가져다주는 행복보다 물질적인 것에 대한 과한 욕심이 있었다면 흥미를 느끼기는커녕 내 깜냥을 느끼고 뒷걸음질치거나 도태됐을 것이다. 하지만 작은 목표를 달성하는 즐거움, 그 속에서 성장하는 스스로를 바라보며 선순환이 일어났고 여기까지 오게 되었다. '뛰어들기', '일단 시작하기'라는 것을 통해 이룬 여러 가지 경험이 있다. 그 경험들은 '남들처럼'이 아닌 '나답게' 고유한 발자취를 걸어갈 수 있는 초석을 마련해줬다. 대학로 연극무대에 서고 싶을 때도 머리로만 생각한 게 아니라 무작정 극단에 찾아갔다. 그 절실함과 무모한 용기 덕분에 영화배우 김갑수 선생님의 극단 '배우세상'에서 〈칼맨〉이라는 연극에 오를 수 있었다. 해야겠다는 마음이 들면 머리로 깊이 생각하지 않으려 노력한다. 고민하다보면 하지 말아야 할 이유가 백 가지도 넘게 생기고 한계가 보여 포기하게 된다. 어느 강의에서 '한계란 한 계단을 더 오르는 것이고 한 개를 더하면 극복할 수 있다'는 말을 듣고 가슴이 뜨겁게 반응했던 적이 있다. 마음이 식기 전에 일단 시작하자. 이 것이 일명 '다이빙대에 뛰어들기'다.

2017년 여름에도 다이빙대에 과감히 뛰어들었다. 두 달 남짓한 일정으로 캐나다 중부의 주도 '위니펙'으로 향했다. 긴 기간 동안 일을 놓고 가는 것 자체가 나에겐 모험이다. 프리랜서는 시간이 프리해서 좋은 직업이 아니라 잊혀지면 평생 프리해지는 직업이기에 지금까지 한순간도 전화기를 놓은 적이 없었다. 하지만 도저히 마음속에서 원하는 일을 모른 척할 수 없어서 가기로 결정을 했다. '가장 아름다운 여름이란 두 번 다시 없다는 듯이 살아가는 여름'이라는 문구에 마음이 동했다. 먹고사는 문제를 뒤로하고 결정하는 건 쉽지 않았지만 다시 없을 순간과 가슴 뛰는 여름을 보내기 위해 뛰어들었다.

"삶과 글은 일치하기에 바르게 살아야 바르게 쓸 수 있다"는 이성복 시인의 말처럼 잘 살아야 잘 쓸 수 있고 다양하게 살아야 다양하게 쓸 수 있다고 생각했다. 하지만 캐나다 행을 결심한 후에도 마음속에 약간의 흔들림이 있었던 것은 사실이다. 그 흔들림을 멈추게 하는 것이 바로 다이빙대에 뛰어들기였다. '해외여행의 핵심은 비행기 티켓 사기'라는 말이 있듯 7월 4일 자 위니펙행 비행기표를 석 달 전인 4월에 결제했다. 신기하게도 저지르고 나니 그때부터는 마음이 한결 편안해지고 일에 더 몰입이 되었다. 미국에서 3주 동안 시간을 보낼 때도 고비사막 250킬로미터 레이스를 신청할 때도 긴 고민이 생기기 전에 결제라는 다이빙대에 뛰어들기를 통해 행동을 강화할 수 있었다.

"비록 한 줄도 써지지 않더라도 어쨌든 일단 앉아요. 아무튼 그 책상에서 두 시간 동안 버티고 앉아 있으란 말입니다"라는 소설가 무라카미 하루키의 말처럼 나 역시 글을 쓸 때도 일단 자리를 잡고 앉는 것부터 시작한다. 자리에 앉는 것이 글쓰기에 뛰어드는 가장 빠르고 쉬운 방법이다. 오전에 일찍 작업하는 것을 좋아하기에 집 근처 새벽 6시에 오픈하는 카페로 향한다. 일주일에 오전 강의가 있는 날을 제외하고는 세 번 정도, 보통 7시에서 7시 반경 도착해서 점심 먹기 전까지 작업을 한다. 물론 키보드 자판 하나 두드리지 못할 정도로 쉽사리 글이 써지지 않을 때도 있지만 일단 나와서 컴퓨터부터 켠다. 한 글자, 한 문장에도 물꼬가 터져 글이 써지기도 하고 좋아하는 책을 읽다가 문득 쓰고 싶은 내용이 생각날 때도 있다. 이 글을 쓰는 이 순간도 나는 그 카페에서 작업을 하고 있다.

처음 책을 쓸 때가 생각난다. 만만치 않은 반대에 시달렸다. 시기상조다. 그런 내용은 독자들에게 관심 받지 못할 것이다. 조금 더 나이를 먹고 공부를 더 한 다음에 써라. 너보다 경력이 많은 사람도 안 쓰고 있는데 넌 뭐가 잘났다고 설치느냐 등 내 의욕을 상쇄시키는 이야기를 참 많이도 들었다. 부족한 걸 알지만 한 페이지 한 페이지를 공부하는 마음으로 그리고 진솔하게 채워나갔다. "때를 기다리면 몸에 때만 낀다"는 말씀으로 힘을 주셨던 멘토님의 말처럼 누구에게나 완벽히 준비된 순간은 오지 않는다. 부족하지만 채워나가는 거고 그렇게 성장하는 거라며 의지를 불태웠다. 비슷한 시기에 책을 쓸 거라며 이야기했던 지인 중 나처럼 과감히 첫 페이지에 뛰어든 사람들은 자신의 이름으로 된 책을 가진 저자가 되었다. 하지만 하고 싶어하면서도 아직은 때가 아니야 조금만 더 있다가 시작해야지, 라고 했던 사람들은 아직도 똑같은 상태에 머물러 있다.

나는 능력이 출중해서 저자가 된 것이 아니다. 그저 뛰어들어서 꾸준히 채워가다보니 기회가 주어졌고 글을 계속해서 쓰다보니 민망함에 고개를 들기 힘들었던 글에도 조금씩 힘이 붙게 되고 공감해주는 사람들이 많아지면서 글 쓰는 순간이 더 행복해졌다. 생각만 앞서고 계획만 철저하게 세우는 것보다 직접 그 과정을 경험하고 실패를 기회삼아 발전하는 것이 삶의 에너지를 불러오는 방법이라는 확신이 든다.

다이빙대에 뛰어들기는 운동에 국한된 이야기가 아니다. 여행, 직장, 결혼, 이사, 진학 등 무언가를 하려고 마음을 먹더라도 걸리는 게 한두 가지가 아니다. 고려할 사항은 넘쳐나고 결국 거기에 내 계획은 잠식당한다. 앎과 삶을 연결하는 유일한 방법은 실행함에 있다. 아는 것을 삶 속에 녹이기 위해서 필요한 것은 결국 행동과 그것을 체화(體化)할 시간이다. 결국에 실행하지 못한 자신을 탓하며 우울해진다. 각자의 입장과 처지가 다르기에 모든 것에 혹은 모두에게 '일단 뛰어들기' 방법을 강요할 수는 없다. 하지만 혼란스러운 상황에 대한 대처법으로 분명 효과를 볼 수 있다. 우리는 실존하는 존재다. 자유롭게 선택할 권리가 있다. 그 선택을 누군가가 대신 해주길 바라고 일이 뜻대로 되지 않을 때 남탓을 하며 살지 말자. 책임을 타인에게 전가시키기보다 스스로 책임지며 내 인생을 찾자. 원하는 목표가 있다면 지금 당장 시작할 수 있는 일을 찾아 실행하자. 작은 일이라도 지금 당장 할 수 있는 일을 찾아서 움직이다보면 긍정의 에너지가 선순환하면서 힘이 나고 좋은 결과에 다다른다.

평범한 날이여, 그대의 귀한 가치를 깨닫게 하여라.

— 메리 J. 아이리언

〈제4장〉

자유롭게 이탈한 자의 일상

시작은 잘 먹는 것부터

음식에 대한 사랑처럼 진실된 사랑은 없다.

— 조지 버나드 쇼(George Bernard Shaw)

먹고 싶은 음식에 대한 상상만으로도 힘이 나는 경험을 종종 하게 된다. 그럴 때면 음식을 바라는 곳은 '입'이 아닌 '몸과 마음' 전체임을 알게 된다. 심지어 먹는 것이 영혼에까지 영향을 미친다는 것을 느끼기도 한다. 특히나 히말라야 산행 때나 장기간 해외에 머물던 시기에 그런 느낌을 강하게 받았다. 히말라야 롯지(산장) 벽면에 '김치' '신라면'이라고 쓰여 있던 흰 종이만 봐도 괜스레 마음이 설레던 기억이 있다. 고산증세로 음식을 제대로 소화하기 어려울 때도 먹지 않으면 목적지에 도달할 수 없음을 알기에 동료가 끓여다주는 숭늉을 마시며 기운을 차렸다. 현지 음식은 입에도 대기 싫었는데 구수한 숭늉 한 사발에 입이 반응하고 몸이 움직였다. 특히나 A.B.C(아나푸르나 베이스캠프)를 찍고 내려오는 길에 체력이 방전돼 다리가 후들거렸던 그때가 절정이었다. 가장 힘든 순간에 우리 일행은 한국에 돌아가면 먹고 싶은 음식들에 대해 이야기하며 기운을 냈다.

매운 갈비찜과 짜장면, 떡볶이, 족발, 엄마표 김치찌개 등등 아주 유치했지만 우리는 매우 원초적인 인간의 기본 욕구를 어찌할 수 없었고 그것을 말로 나누는 것만으로도 행복해했다. 하산 후 귀국 비행기에 오르기 전 먹었던 삼겹살과 김치볶음의 맛이 그리도 달았던 기억. 맛있는 음식이 입에서 녹아내리는 순간 고된 산행으로 쌓였던 피로 역시 함께 녹는 기분을 느꼈다. 좋아하는 음식을 먹거나 생각하는 것만으로도 누구나 행복해진다. 자신도 모르게 입가에 미소가 번지고 침이 고이며 동공이 확장된다. 이 자연스러운 반응을 인간인 우리가 어찌 억제할 수 있겠는가? "인간에게 있어 가장 기본적인 문화의 형성은 의식주와 밀접하게 연계되어 있다. 아니 어쩌면 전부다. 아무리 고급한 수준의 문화적 산물이라 할지라도 '먹고, 입고, 잔다'라는 가장 인간적이고 본능적인 이 욕구와 의지에서 발원한 것이다"라는 이건수 작가의 말이 더욱 가슴에 꽂히는 이유다.

외국에 나가 있을 때 걱정되는 것이 있다면, 바로 먹는 문제다. 나에게 있어 한국 음식, 엄마표 손맛에 대한 그리움은 견디기가 힘들다. 대신 먹는 것에 대한 욕구와 향수만 해결이 된다면 세계 어디에 놓여 있던 잘 살 수 있다는 확신이 있다. 2년 전에 캐나다로 가기 전, 이것저것 한국 음식을 챙겨주시려던 어머니에게 현지식을 먹어야 진정한 여행이라며 센 척을 했다. 하지만 출국 이틀을 앞두고 "엄마, 나 도저히 안 되겠어. 볶음고추장 한 통만 담아주세요"라며 항복한 기억이 있다. 엄마표 고추장만 있음 거뜬히 지낼 수 있다는 믿음, 거기에 너구리와 비빔면까지 트렁크에 자리 잡으니 천군만마를 얻은 듯 마음이 놓였다. 그렇게 먹는 것에 대한 걱정을 가장 크게 안고 떠난 캐나다.

하지만 그것은 기우에 지나지 않았다. 엄마 손맛이 가끔

그립기는 했지만 매일 식이섬유 가득한 샐러드를 먹고 잡채, 삼계탕, 비빔국수, 만둣국, 김치찌개, 미역국 등 정말 잘 먹었던 기억이 있다. 직접 딸기밭에 가서 수확한 딸기로 스무디를 만들고 나를 친동생처럼 알뜰살뜰 챙기는 언니를 도와서 머핀을 굽기도 했다. 뒷마당에서는 깻잎, 앞마당에서는 부추를 따서 당근과 오징어를 넣고 부추전도 만들었다. 자연과 함께하고 자연이 담겨 있는 매 식사가 기대되었다. 고대 아유르베딕의 속담 중 '식사법이 잘못되었다면 약이 소용없고, 식사법이 옳다면 약이 필요 없다'라는 음식과 관련된 것이 있다. 건강하고 몸에 맞는 음식으로 하는 올바른 식사가 건강을 지킨다는 말이다. 먹는 것이 가져오는 기쁨은 영혼의 남루함을 달래주기에 충분했다. 그동안 내달리기만 하느라 지친 몸과 상처받은 마음을 이끌고 떠나온 캐나다, 그곳에서 마음뿐 아니라 몸 건강도 잘 회복할 수 있었다.

이러한 경험들을 통해 '먹는 것'을 행위에만 국한시키기보다 삶 전체로 확장해볼 필요성을 느꼈다. '먹는 것'이 반 이상이기 때문이다. 단순히 한 끼를 때우기 위해 영양은 뒤로한 채 입에 당기는 무언가를 밀어넣는 것은 동물과 다름없는 행동이다. "당신이 먹는 것이 무엇인지 나에게 말해달라.

그러면 당신이 어떤 사람인지 내가 말해주겠다"라고 19세기 프랑스 미식가 브리야 사바랭(Brillat-Savarin, 1755~1826)은 말했다. 다시 오지 않을 지금 이 순간을 더 건강하고 아름답고 의미 있게 살기 위해 당신은 무엇을 먹고 있는가? 당신의 한 끼는 건강한 식사였는지, 배고픔을 누르기 위한 수단이었는지 문득 궁금해진다.

내가 지속적으로 달리는 이유

작가 (그리고 러너) 적어도 끝까지 걷지는 않았다.

— 무라카미 하루키(村上春樹)

다리가 가는 대로, 몸이 나아가는 대로 달려본다. 얼굴을 스치는 바람을 느끼며 지금의 속도를 가늠해본다. 그렇게 뛰다보면 뜨겁게 타올라 터지기 직전의 심장박동을 느끼게 되고 좀처럼 움직여지지 않는 다리를 이끌게 되는 순간이 온다. 온몸으로 햇빛을 느끼고 온 마음으로 공기를 마신다. 달릴 수 있음이, 살아 있음이, 모든 순간이 감사함으로 물든다. 달리기를 시작한 지 2년, 처음보다 편해진 부분도 분명 있지만 고통의 순간은 매번 여지없이 찾아온다. 심장의 허덕임을 느끼며 묵직해진 다리를 들어올리는 그 순간, 뇌와 육체는 달릴 것인지, 멈출 것인지, 타협할 것인지 끊임없이 대화를 시도한다. 완주의 기쁨, 성취감을 떠나 나는 이렇게 살아 있음을 그 어느 때보다 확실하게 느낄 수 있는 달리기가 좋다.

미국의 최고령 여성 마라토너인 페냐 크라운(Pena Crown)은 "나에게 마라톤은 부작용 없는 약과 같아요. 언제나 울적할 때 달리면 웃으며 집에 올 수 있었으니까요. 늙었다고 주저하지 말고 당신이 원하는 것이라면 도전해야 해요"라는 말을 했다. 그녀의 말처럼 부작용 없는 약, 이것이 내가 달리는 이유고 세상 밝은 러너가 된 이유다. 얼마 전까지만 해도 달리기를 좋아하지만 '러너'는 아니라고 말했다. 주력이 짧기에, 기록이 좋은 빠른 주자가 아니기에 러너이면서도 러너라는 말이 부담스러웠다. "아직 아니에요"라며 손사래 쳤던 1년 전 내 모습. 그때 생각을 전환시켜준 미국 《러너스 월드》 레이스&프로모션 매니저인 바트 야소의 말이 있다. 그는 인터뷰에서 "나는 사람들이 자신은 진정한 러너가 아니라고 하는 말을 종종 듣는다. 우리는 모두 러너다.

누군가는 단지 다른 이들보다 더 빨리 달릴 뿐이다. 나는 단 한 번도 가짜 러너를 만난 적이 없다"라고 했다. 그렇다. 빠르지 않아도, 좋은 기록을 내지 않아도 즐겁게 달리며 그 과정 속에서 행복하다면 우리는 모두 러너다.

달리기를 접하지 않은 사람들은 러너들에 대해 이렇게 이야기한다. "풀코스를 뛰고 100킬로미터 이상의 울트라를 뛰는 사람들은 벗어나고픈 무언가가 있는 거야. 현실에서 멀어질 수 있어서, 몰입할 무언가가 필요하기에 달리는 거야"라며 마음이 약한 사람 취급을 한다. 하지만 내가 지금까지 만난 러너들은 그 어떤 사람들보다 일상을 사랑하고 거기에 충실한 사람들이었다. 고통을 피하기보다 정면으로 마주하고 이겨내는 남다른 사람들이기도 했다. 남다르다는 의미는 기존의 관습을 벗어던지고 제멋대로 산다는 것이 아닌 벽에 부딪히고 무수히 깨지지만 그럼에도 자신의 길을 걸어간다는 의미일 것이다. 달릴 때마다 피니시 라인을 넘을 때마다 생각한다. 러너들은 고통을 창조적으로 승화시키며 행복한 삶을 향해 중단하지 않고 달린다는 것을 말이다. 달리는 그 자체로 남다른 사람들이다.

그렇게 중단하지 않고 꾸준히 달리며 교통사고의 후유증을 극복했고, 42.195킬로미터 풀코스를 완주했다. 남다른 경험을 할 수 있도록 견뎌준 다리가 고마웠고 주변 모든 것에 감사가 넘쳐났다. 사람은 어떤 경험을 누적시키며 강해지는 자신을 발견할 때 세상 모든 것이 내 편에서 나를 응원하는 느낌을 받는다. 달리기를 통해 그렇게 강해지는 나를 발견했고 나를 둘러싼 모든 에너지가 응원해주고 있음을 믿게 됐다. 그러던 중, 마라톤 대회를 열어보면 어떻겠냐는 제안을 받았다. 손사래를 쳤다. 그냥 좋아서 뛰고 있는 거지 그럴 능력도 없고 생각해본 적도 없다며 말이다. 제안해준 곳은 위기 청소년을 보호하고 있는 기관이다. 대학원 선배가 운영하고 있는 기관인데 사회적 환경과 가치관의 혼란으로 충동적인 행동 양식을 보이며 범죄에 노출됐던 아이들이 함께 생활하고 있는 곳이다. 꽃 같은 아이들의 건전한 성장을 지켜주지 못한 어른들의 무관심 때문에 상처받은 아이들에게 '할 수 있다'라는 작은 성취감을 경험하게 해주고 싶다는 말씀이었다. 그때 달리는 것의 의미와 무게가 더욱 소중하게 다가왔다. 그리고 그것에 대해 생각해봤다. 어떤 가치를 아이들에게 전해줄 수 있을까에 대해서 고민을 시작했다.

건강해지니까?

행복해지니까?

살아 있음을 느끼니까?

성취감을 맛보니까?

러너스 하이를 느끼고 싶어서?

나는, 왜 달리는 걸까?

분명 30킬로미터 이상을 달리면 어느 순간 몸의 모든 고통이 사라지는 순간이 온다고 했는데 아직까지 그런 러너스 하이는 내게 찾아오지 않았다. 풀코스를 뛸 때는 말 그대로 풀로 힘들었다.

물론 러닝 후 찾아오는 성취감은 또다시 달리게 만드는 힘임은 분명하지만 그것 때문만은 아니라고 고민했다. 그러면서 내가 찾은 해답은 스스로의 노력으로 만들어가고 있는 것들에 대해 과정 자체를 존중받는 느낌이 들어서라는 것을 알게 됐다. 기록과 상관없이 풀코스를 완주한 것만으로도 고독한 싸움을 해왔을 상대를 아낌없이 응원하고 축복한다. 모든 과정은 결과를 떠나 그 자체로 아름답기에 존중받아야 한다. 지나친 경쟁 속에서 진정 마음 나눌 친구 없이 결과로만 재단되는 사회 속에서 행함 자체로 축제가 되는 장(場)은 그리 많지 않다. 성공 여부를 떠나, 과거나 미래에 집착하고 후회하고 두려워하는 대신 한 걸음씩 옮기며 현재의 호흡을 느끼며 지금 당장 할 일에만 집중하며 그 자체로 따뜻한 응원을 받을 수 있는, 사람 냄새 나는 이곳이 좋다. 그리고 그 경험을 나누고 싶다라는 확신이 들었다.

그리고 러너비(Runner. B)라는 단어가 떠올랐다. B에는 Believe in yourself이자 Balance your life의 의미를 담았다. 자신의 장점이 하나도 없다고 생각하는 아이들, 잘하는 것도 하고 싶은 것도 없는 아이들, 어른들의 무관심 속에서 범죄에 노출됐던 아이들, 그 어떤 의지도 꿈도 없는 아이들에게 사람 냄새 나는 현장을 경험하게 해주고 싶고 살아 있는 몸과 마음의 힘을 느끼게 해주고 싶다. 아직은 시작 단계지만 그들이 또 다른 러너비가 될 수 있도록 꾸준히 함께하려 한다. 앞으로도 단단해진 몸과 마음으로 가고자 하는 길 위에서 최선을 다하리라 다짐해본다. 나는 지금도 앞으로도 러너이고 싶다.

여행을 떠나야 하는 이유

　타로 마스터인 선배를 만나 이야기하던 중 뽑게 된 세 장의 카드. 그중 하나가 '별' 카드였다. '꿈속에서 사는 사람이 많다'라는 해석에 "딱 나네?"라며 신기해했다. 선배는 더불어 '별' 카드를 타고난 사람은 사고 패턴이 자유롭고 열린 생각을 하는 성향으로 도전을 두려워하지 않고 어려운 상황에서도 희망적으로 생각하고 나아간다고 설명했다. 자유로운 영혼 그 자체라는 거다. 다만 너무 자유로운 나머지 빚이 있어도 별 걱정을 안 한다나 어쩐다나. 그런데 이 모든 게 나에게 해당된다. 나는 자유로운 영혼이야라는 내 안에서 들려오는 부르짖음에 응답하면서 살고 있다. 상황에 따라 이런 것들을 누르고 지내온 시간들도 있지만, 원래 그런 사람인 것을 인정하고 받아들이고 나니 삶이 오히려 재밌어졌다. 그리고 이런 성향을 더 긍정적으로 잘 표현하며 지내봐야겠다고 생각했다.

가능한 한 많은 것을 보고 느끼고 경험하고 싶다. 어떤 일이나 경험, 장소에 대한 새로움과 그로 인해 파생되는 행복한 감정은 그리 오래 가지 않는다. '이게 정말 내가 원하던 그 무엇이야!'라고 환호하며 지속적인 만족을 기대하지만 감정의 유통기한은 짧디짧다. 어느새 익숙해지고 식상해진 감정이 몸을 지배하기 시작한다. 만사에 나태해지고 시큰둥해지는 것이 못 견디게 싫다. 난 새로운 그 무엇을 꿈꾼다. 그럴 때 특효약은 어딘가로 떠나는 것이다. 떠남의 의미는 굳이 멀리 찾지 않아도 된다. 일상에서 잠시 떨어져보는 것. 그것이 나에게는 떠남이고 이 세상과 달리 만나는 방법이다.

다행히 나는 거기에 적합한 일을 하고 있다. 매일이 떠나는 삶이다. 방방곡곡 주요 관광지는 안 가본 곳이 없을 정도다. 지역마다 아름답고 이색적인 분위기를 지닌 곳들이 넘쳐난다. 그 지역 고유의 정취가 묻어나는 장소를 돌아보고 주변을 산책하는 것만으로도 내 몸과 마음은 새로운 에너지로 가득 찬다. 지금까지 참 많은 곳을 다녔다. 손에 꼽기 어려울 정도로 좋은 곳들이 많았는데 대표적인 지역을 꼽자면 고민 없이 경주라고 말한다. 경주에서 강연을 하게 되는 날이면 여행 가는 기분으로 내려간다. 나에게 있어 일종의 케렌시아와 같은 지역이다. 그저 호수를 바라보는 것만으로도 묘하게 설레는 곳. 이렇게 세상과 만나고 생경함이 주는 생동감과 약간의 긴장감을 즐기는 삶을 살 수 있음에 감사한다. 그뿐만 아니라 주요 고속도로에 단골 휴게소가 있고 휴게소마다 유명한 그곳만의 시그니처 메뉴도 꿰고 있다. 이영자의 맛 지도를 능가할 수도 있다고 감히 자부한다.

이런 생활 패턴에 대해 혹자들은 역마살이 끼었다고 한다. 일주일 동안 매일 잠자리가 바뀌며 이동을 한 적도 많으니 그 말이 맞긴 하다. 부산 해운대에서 강연을 하고 거제 대명 리조트로 이동한다. 일을 마치고 휴식을 취한 후 다음 날 경주 현대 호텔로 이동, 그리고 속초 LH공사 연수원에서 마지막 일을 마친 후 집으로 오는 일정을 소화하기도 했다. 동서남북으로 여행 가는 기분으로 장거리를 다닌다. 물론 하루에 5~6시간 동안 운전을 하는 것 자체는 육체적인 부담이다. 이런 일정을 소화한 후면 늘 잇몸병이 난다. 새로운 환경에서 그 지역의 음식을 먹으며 즐기기는 하지만 집밥만큼 포만감을 주진 않는다. 그리고 제아무리 호텔이라 해도 내 방 침대만큼 안정감을 주지는 못한다. 하지만 대체로 난 이 삶에 만족한다. 그리고 틈만 나면 떠날 궁리를 한다. 글을 쓰는 이 순간도 말이다.

이곳이 아닌 저곳의 세상을 만나게 되면 익숙한 환경에서라면 닿기 힘든 내 안의 능력에 접근하게 하고 기억을 불러일으킨다. 이것만으로도 사람은 조금씩 성장하게 된다. 안주하는 삶은 우리에게 안정감을 준다. 하지만 일상생활 속의 나라는 인간은 본질적으로는 내가 아닐 수도 있는 모습에 계속 나를 가둬두려고 한다. 참된 내 모습을 발견하려면 새로운 눈을 가져야 한다. 소설가 마르셀 푸르스트도 "진정한 여행이란 새로운 풍경을 보는 것이 아니라 새로운 눈을 가지는 것이다"라고 말했다. 단순히 쾌락을 위한 세상과의 만남이 아닌 세상을 만남으로써 또 다른 깊이의 눈을 가지는 몇 번의 경험들을 하고 나니 더 그것을 갈망하게 됐다. 특히나 그렇게 세상이라는 놀이터에서 뛰어놀고 경험할 때 썼던 글들에 더욱 생동감이 넘치고 내 마음이 잘 담겨 나온다. 좋은 글을 담아내기 위해서라도 더 많은 것들과 놀다 와야겠다.

　　대책 없는 일상으로부터의 도피가 아닌 더 많은 것을 느끼고 돌아올 수 있는 그 무언가를 찾고 준비하며 그렇게 세상을 만난다. 떠남은 굳이 '여행'만을 의미하지는 않는다. 걸으며 달리는 시간도 기본 패턴에서 벗어나는 떠남이 될 수 있다. 나는 이 시간도 정말 사랑한다. 걷는 시간이 긴 만큼 햇볕에 많이 노출된다. 원래 따로 태닝을 하지 않아도 여름이면 피부가 잘 타는 편인데, 태양에 노출되는 시간만큼 햇볕과 반응한 내 피부에서 갈색화가 촉진된다. 워낙 자외선이 강해서 선블록으로 꼼꼼하게 자외선을 차단해도 피부가 그을린다. 물론 구릿빛 피부가 건강해 보여서 좋긴 하지만 요즘은 자연 선탠보다 문탠(moontan)을 하려고 한다. 문탠이라는 단어는 사전에 없는 말인데 달빛 샤워 정도의 의미로 표현하고 싶다.

　　해가 지는 시기를 기점으로 하늘이 붉게 물들며 달이 모습을 드러낸다. 적당한 바람과 은은한 달빛이 조화를 이룬다. 이 시간에 산책을 하면 메마른 감성이 되살아난다. 달빛 샤워를 하며 달리거나 걷는 시간이 참 행복하다. 미래에 대한 꿈을 꿀 때 어슴푸레하고 몽글몽글 뭔가 정확하게 표현하긴 어려운 그 무엇이 좋다. 뻔히 보이는 선명한 그 무엇은 우리를 내달리게 하고 지치게 할 뿐이다. 조금 늦으면 어떠한가? 그 속에서 나답게 살아가는 기쁨을 만끽할 수 있다면 나쁠 것 없다.

그래서 워즈워스는 우리의 영혼에 유익을 줄 수 있는 감정들을 느끼기 위해서 풍경 속을 돌아다녀보라고 권했나보다. 그리고 그는 자연 속의 이러한 경험에 대해 "시간의 점(spot)"이라고 불렀다.

> 우리의 삶에는 시간의 점이 있다.
> 이 선명하게 두드러지는 점에는
> 재생의 힘이 있어….
> 이 힘으로 우리를 파고들어
> 우리가 높이 있을 때는 더 높이 오를 수 있게 하며
> 떨어졌을 때는 다시 일으켜 세운다.

안이 아닌 밖에서 생각하지 못했던 순간에 직면할 때 나

도 몰랐던 나를 발견해내는 기쁨은 그 어느 것과 비교하기 어려울 정도로 벅찬 환희를 가지고 온다. 분명 그 경험 속에는 재생과 치유의 힘이 담겨 있음을 느꼈다. 달리는 순간에, 낯선 곳에 놓인 그때, 익숙한 곳에 있을 때조차 현재를 온전히, 제대로, 만끽할 수 있다면 그 자체로 내가 딛고 있는 그곳은 놀이터가 된다.

저스트 고(JUST GO)! 한 발 나가봐야 알 수 있다. 특별한 계획이 없어도 그렇다 할 준비를 하지 못했더라도 열린 마음 하나면 이 세상을 즐길 수 있다. 여행지에서 길을 물어보게 되는 경우가 있다. 그럴 때 방문자(visitor)냐고 되묻는 경우가 있다. 그렇다. 익숙한 여기를 떠나는 순간, 나는 방문자이자 이방인이다. 방문자, 이방인, 모든 것이 낯선 사람. 그런데 나는 여행을 갈 때마다 다른 기후, 풍경 등의 환경보다 더 낯선 나를 만나고 있다. 잠재된 또 다른 나를 발견하고 있고, 잘 해왔다고 생각했었는데 그게 다가 아니라는 깨달음을 얻고 있고, 비정상인 것을 정상이라 착각했던 순간들을 알게 되고, 착각 속에 있던 나를 자각하고 반성한다.

지금까지 나를 잘 안다고 생각했는데 여전히 나에게서 이방인인 채로 살았던 날들을 되돌아본다.

글을 쓰고 그동안의 생각을 정리하고자 온 미국에서 아침저녁으로 사촌언니네 강아지인 숭희와 함께한다. 천천히 걸으면서 수많은 아이디어가 생겼다 사라진다. 아침을 먹고 나무에 해먹을 걸고 몸을 누인다. 해먹이 나인지 내가 해먹인지 분간되지 않을 정도로 나는 해먹과 한 몸이 된다. 책을 읽다 잠이 들기도 하고 일어나 생각나는 것들을 노트에 끄적이기도 한다. 멍하니 하늘을 바라보기도 한다. 이 정도면 호접지몽이 아닌 해먹지몽이라 해도 과언이 아니다. 하늘 색깔과 공기부터 모든 것이 다른 풍경 속에 놓인 지금이 참 감사하다. 이 시간을 향유하기 위해 달려온 지난 시간의 힘듦을 상쇄하고도 남을 정도로 말이다. 처음으로 떠나온 긴 여행. 짧지만 다시 오지 않을 여름. 나는 또 이렇게 새로운 나를 만나고 있다. 여행을 한다는 것은 하나의 몸으로 와서 수많은 나를 발견하는 것인가보다.

변함없는 일상의 무게를 마주하고 여러모로 답답하기도 하고 막막하기도 하다. 그럴 때면 가끔 일상을 벗어났던 순간의 감정을 담아 끄적였던 글들, 메모들을 보며 에너지를 얻는다. 여행 중 아픈 일도 있고 위로가 필요한 일들도 있었지만 그래도 그 여행은 그때가 아니면 가지 못할 여행이었기에 참 잘 다녀왔다고 말하고 싶다. 떠나든 머무르든 우리는 본질적으로 모두 여행자라는 말이 있다. 나는 떠나는 여행자로 살고자 한다. 떠나는 이유는 잘 돌아오기 위해서고, 지금 이곳, 나에게 주어진 모든 것들의 소중함을 절절히 느낄 수 있기 때문이기도 하다. 앞으로도 이 세상이라는 놀이터에서 마음껏 떠돌며 제대로 즐기는 자유인으로 살고 싶다. 다시 오지 않을 지금을 위해서 말이다.

도전은 늘 설렌다

고난이 심할수록 내 가슴은 뛴다.

— 프리드리히 니체(Friedrich Nietzsche)

　새벽에 집을 나선다. 바로 앞도 잘 보이지 않을 정도로 안개가 내려앉은 길. 뿌연 안개 속을 통과하는 차들이 비상 등을 깜빡이며 자신의 존재를 알리며 사고에 대비한다. 나 역시 천천히 조심스레 전진한다. 무언가가 불쑥 튀어나올 것만 같고 뒤에서 조심성 없는 차가 내 차를 들이받을 것만 같은 불안감이 엄습해오기도 한다. 몇 차례 사고 후 '자나 깨나 차 조심, 꺼진 신호도 다시 보자'가 내 운전 철칙이 됐다. 안개가 걷히길 기다리고 싶었다. 하지만 앞이 보이지 않는다 하여 그 도로 어딘가에 차를 멈춰 세운다면 안개 속에 오래 갇혀 있게 되거나 더 큰 사고가 생길 수도 있다. 그래서 조금씩 나아가는 게 최선이다.

그렇게 가다보면 잘 보이지 않던 길이 선명해지는 시점이 있다. 언제 그랬냐는 듯 안개가 걷힌다. 새벽안개가 짙게 드리운 날 날씨가 맑다는 속설은 내 경우엔 대부분 맞아떨어졌다. 인생도 그러하다. 알 수 없는, 도통 앞이 보이지 않는 길을 걷는 날이 부지기수다. 멈출 것인지 나아갈 것인지, 간다면 어떤 길로 가야 할 것인지 살펴야 한다. 물론 지금 여기서(now & here)의 삶이 안정을 가져다준다고 생각할 수도 있다. 지금에 만족할 수도 있고 새로운 변화나 도전이 두려워 여기에서 나아가기를 거부할 수도 있다. 이 역시 옳고 그름의 잣대로 바라보기보다 선택의 문제로 봐야 한다. 내 경우에는 안정보다는 새로움에 대한 갈망이 더 컸기에 미지의 세상에 나를 내던지며 살아왔다. 결정적인 순간마다 나아가는 삶을 선택한 것이다. 자유롭게 선택하고 책임지는 것이 내가 인생을 살아가는 방식이고 내가 나답게 사는 방법이다.

물론 잘못된 선택으로 먼 길을 돌아간 적도 있다. '적당히 해라. 현실감이 떨어지는 것은 아니냐?'라는 시선에 의해 상처받기도 했다. 하지만 새로운 것에 도전할 때 실패를 먼저 걱정하지는 않는다. 최선을 다해 도전하고 그 과정을 즐기다보면 그에 걸맞은 결과를 얻었기 때문에 일단은 시작한다. 그리고 그 과정에서 치열하게 준비하고 노력한다. 사람들은 도전 자체가 두려워서라기보다 도전하다 실패할까봐, 그리고 그 실패에 대한 사회적 비난이 두려워서 도전을 회피하고 도망가려고 한다. 그러나 현실에 안주하고 어제와 똑같은 오늘을 살아가는 것이 과연 행복한 인생일까? "고난이 심할수록 내 가슴은 뛴다"라는 니체의 말처럼, 불확실한 미래를 향해 걸어가는 삶이야말로 가슴 뛰는 삶이 아니겠는가.

완벽하지 않아도 괜찮다. 실패를 경험하는 것도 나쁘지 않다. 하다가 중지하는 것도 부끄러운 일이 아니다. 도전을 해봐야 비로소 내가 좋아하는 일이 무엇인지를 몸으로 알 수 있고, 한계를 몸으로 깨달을 수 있기 때문이다. 도전은 내 생각의 한계를 몸으로 증명하는 과정인지 모른다. 생각의 한계는 생각만으로 알 수 없다. 몸이 동반되는 도전 체험만

이 내 생각의 한계를 알 수 있다. 도전이 소중한 점은 결과에 관계없이 도전하는 과정에서 생각지도 못한 많은 깨달음을 얻는다는 점이다. 설혹 도전에 실패했다고 할지라도 도전을 하지 않고 그냥 생각만 하는 것과는 천지 차이로 많은 것을 배울 수 있다는 점에서 도전의 의미와 가치가 있다고 생각 한다.

세상의 모든 전문가들도 처음부터 전문가의 경지에 이 르지 않았다. 끊임없는 도전과 어제와 다른 반복으로 어느 순간 반전을 일으켜 전문가의 경지에 이른 것이다. 나 역시 도 모든 분야에서 전문가는 아니지만 더디더라도 조금씩 나 아가며 내 길을 만들고 있다. 새로운 도전을 통해 나만의 이 야기를 만들고 그 경험에서 묻어나는 체험적 이야기, 즉 순 수한 나의 도전 스토리를 만들고 싶다. 다소 엉뚱하고 혹은 위험해 보일 수 있는 도전을 즐기는 이유도 지금 여기서의 편안한 삶에 안주하려는 나의 타성을 깨부수기 위해서다.

"인생의 목적은 자기 발전이오. 자신의 본성을 완벽하게 실현시키는 것. 그것이 이곳에 있는 우리들의 존재 목적이 지요. 요즘 사람들은 자기 자신을 두려워해요. 모든 임무 가

운데 최고의 임무인 자기 자신에 대한 임무를 망각하고 있기 때문이오."(35p)

　인생의 목적은 자기 발전이고 그러기 위해서는 나아가는 삶, 도전하는 삶을 추구해야 한다는 생각이 담긴 듯한 오스카 와일드의 장편소설《도리언 그레이의 초상》의 구절이 떠올랐다. 육신이란 영혼이 잠시 빌려 입고 있는 옷일 뿐인데 우리는 너무나 많은 가능성을 작은 틀 안에 가둬버리고 만다. 물론 여기서 '자기 발전'을 어떤 관점에서 바라보느냐가 중요하다. 경쟁을 부추기고 성공을 향한 채찍질의 의미가 아닌 내면적으로 성숙하고 작은 성취감을 맛보며 자기 자신을 믿게 되는 것, 내면적인 자신의 존재 이유와 삶의 임무에 대해 고민하는 정도로 생각하면 좋겠다.

　삶은 선택과 도전의 연속이다. 그렇게 시도하고 걷고 걷다보면 길이 길을 열어준다. 묵묵히 가다보면 또 다른 길이 도처에서 나를 기다리고 있다. 그렇게 새로운 길 위에서 잘 통과해온 지난날을 돌아보며 더욱 생의 의지를 다지며 행복을 경험한다. 길을 찾기 위해 기존의 길에서 벗어나 길이 없는 곳에서 길을 헤맨다. 그 과정이 때론 불안하고 고통스러울지라도 매몰되거나 멈춰 서기보다 그럼에도 불구하고 조금씩 나아가는 힘, 나에게 도전은 그런 것이다. 무언가를 성취하고 정복하려 함이 아닌 그저 알 수 없는 내일을 향해 조심스레 한 걸음씩 나아가는 삶을 살고자 하는 것이다.

글 쓰는 작가의 삶, 청중과 소통하는 강연가의 모습, 즐겁게 달리는 러너로서의 나. 그렇게 오늘도 가야 할 길을 찾아 안개 속으로 걸어 들어간다. 안개 속이긴 하지만 지금 걷고 있는 내 길이 나는 정말 좋다. 제 길에 들어선 듯 도전하는 것이 두렵지만은 않다. 마음은 쫓기면서도 제 길에 든 듯 넘치는 설렘이 생경한 길에 대한 불편함을 압도한다. 도전하는 삶은 나아가는 삶이요, 설렘으로 가득 찬 길이다. 많은 이들과 그 길을 걷고 싶다.

기억은 짧고 기록은 길다

　지금은 새벽 2시다. 내가 이 시간에 깨어 있는 건 흔치 않은 일이다. 저녁 7시면 다크서클이 턱 밑 언저리까지 내려온다. 밤 9시를 기점으로 집중력도 체력도 급방전이 되는 시스템을 가졌기에 밤 11시 전후에 잠자리에 든다. 그리고 한 번 잠들면 어지간해선 누웠던 그 자세 그대로 얌전히 기절한다. 그러다보니 이른바 밤 문화와 밤에 이뤄지는 역사에 대해서는 경험이 적다. 강연 후 뒤풀이나 늦은 모임에는 참석을 하지 않는다. 아니 하지 못한다는 표현이 더 정확하다. 내 몸이 원하는 패턴대로 자연스러운 삶의 궤적을 따라 자러 들어갈 뿐이다. 그러다보니 처음엔 대인관계를 기피한다거나 건방지다는 오해도 많이 샀다. 하지만 십여 년이 지나고 나니 그런 오해는 이해로 바뀌었다. 상황이나 장소나 만나는 사람에 따라 이리저리 흔들리는 기준이 아닌 어느 자리에서나 늘 그래왔기에 내 생활 패턴을 인정하고 이해하는 사람이 많아졌다. 요즘엔 오히려 큰 행사를 치르면 끝나기 무섭게 선배님들이 먼저 집에 들여보내기 바쁘다.

앞으로도 이 수면 패턴을 바꾸기는 어려울 것 같다. 나는 초등학교 다닐 때부터 아침 6시에 기상을 했다. 아침잠이 없는 아이. 대신 수면 총량의 법칙을 보존하고자 밤 9시면 잠자기 바빴던 기억이 있다. 그때부터 지금까지 비슷하게 이어지고 있는 습관이다. 그 덕분에 요즘도 새벽 5시 전후로 일어난다. 내 머리와 마음이 맑게 깨어 있는 시간이며 가장 활발히 생각이 펼쳐지는 시간이다. 나는 새벽 시간을 주로 글과 책과 함께 보낸다. 오늘도, 아니 이제 어제구나, 10시 반을 기점으로 잠을 청했는데, 자꾸 꿈인지 뭔지 글감들이 떠오르고 머릿속에서 이 경험 저 경험이 저마다 자기 이야기를 글에 담으라고 나를 두드린다. 눈을 떠보니 새벽 2시. 핸드폰 메모장을 켜고 떠다니는 생각을 간단히 적고 다시 누웠다. 잠 많은 내가 이 정도 성의를 보였음에도 부족한 건지 계속 머리가 말똥거린다. 아마도 내일 아침이면 '뭘 적은 거지?'라며 갸우뚱할 내가 스스로 불안한 게지. 결국, 이불을 박찬다.

　기억은 짧고 기록은 길기에 잠보다 글을 선택했다. 내 이름의 이니셜이 새겨진 가장 아끼는 만년필로 생각의 파편들을 모아모아 조각한다. 이 시간에 컴퓨터 앞에 앉아 모니터를 마주하는 건 너무 멋이 없잖아? 라며 드물게 찾아오는 이 순간을 전용 수첩에 꾹꾹 눌러 기록한다. 생각이 달아날까 더 힘주어 눌러 적는다. 오늘의 이 경험은 잠들기 전 읽었던 책들이 마중물을 부어준 듯하다. 여전히 글 쓰고 말하는 것이 어설프고 자주 부끄러운 내게, 이런 순간은 축복이다. 어쨌든 잠자기는 글렀으니, 글 써야지, 라며 마음을 먹는다. 지금의 나는 깨어난 걸까 그냥 깬 걸까 깨어진 걸까? 이런저런 생각들이 꼬리를 문다. 습작노트를 뒤적인다. 세월의 흔적을 덧입어 부풀어오른 종이를 넘기며 당시의 생각과 고민을 들여다본다. 시간의 흐름에 따라 분명 달라져온 나인데 변함없이 지키고 있는 소명이나 신념에 대한 단초들을 발견하면서 지금의 삶이 더 가치 있게 여겨지고 감사하게 다가오는 순간들이 있다.

일기나 다이어리 혹은 의식의 흐름대로 적은 그 어떤 글이라도 기억보다 오래 남는다. 일에 관련된 것이나 관심 있는 분야에 대한 정리도 좋다. 책을 읽고 난 후 마음에 와 닿은 문장들을 모아놓은 모음집도 쌓이면 재산이 된다. 여러 조각이 모여 지금의 내 모습이 된 것이기에 모든 삶의 흔적이 담긴 스토리 그 자체로 아름답다. 남에게 보여주기 위한 이야기가 아니라 나만의 방식으로 내가 만들어온 나의 이야기이기에 더욱 의미가 있다. 내가 인생에서 소중하다고 생각하는 대로 행동하며 만든 스토리 속에는 나의 고뇌와 철학이 담겨 있다. 그래서 스토리는 스스로 토해내는 리얼한 이야기다.

기록은 하나의 지문이다. 당신이 하는 모든 일에 지문이 남는다. 지문은 영혼의 흔적이자 삶을 통해 아로새겨진 아름다운 무늬다. 당신이 무심코 하는 모든 일에 영혼의 흔적이자 아름다운 당신의 삶의 무늬가 새겨진다. 그로 인해 남들과는 다른 나만의 고유함이 생기는 것이다. 지금 당신은 당신의 삶에 어떤 영혼의 흔적을 남기고 있는가? 오로지 당신만이 남길 수 있는 삶을 기록하고 있는가? "독서는 완성된 사람을, 담론은 재치 있는 사람을, 필기는 정확한 사람을 만든다"라는 프랜시스 베이컨의 말처럼 나라는 사람을 정확하게 그려내는 것이 기록이다.

인생은 스스로 써 내려가는 책이다. 남의 인생을 베껴 쓰는 필사본이 아니기에 우리 모두는 자신의 삶을 담담히 적어 내려가고 있다. 경험들에 대해 말이다. 온갖 경험, 지독한 경험, 다양한 경험, 경험하지 않으면 더 좋았을 경험까지도 의미가 있다. 모든 경험에 대한 기록은 자신의 삶을 시(時)와 글로 예술로 변환시키는 의미 있는 일이다. 그런 의미로 우리는 모두 작가다. 지금 이 순간 여러분은 어떤 경험을 내 인생이라는 책 속에 담고 있는가?

정갈한 글씨로 채워가는 경우도 있지만 휘갈겨 쓴 메모, 가끔은 그 글씨의 주인인 나도 못 알아볼 만큼의 상형문자 비슷한 것들로 채워진 기록들도 있다. 섬광처럼 반짝! 머리에 스쳐지나가는 것들을 부여잡고 싶어 펜을 든다. 손이 생각보다 빠르지는 못할 터 어떻게든 그렇게 흔적을 남겨둔다. 희미한 연필 자국일지라도, 낙서처럼 보이는 그림일지라도, 그것이 빛바랜 한 장의 사진이라 해도 당시의 또렷했던 기억보다는 오래 남기에 오늘도 기록을 멈추지 않는다.

기록을 하는 방법은 여러 가지가 있다. 노트북이나 모바일 기기를 이용하기도 하고 다이어리에 기록하기도 한다. 이상하게도 노트북에 담겨 있는 자료들은 잘 열어보지 않게 된다. 한 손에 들어오는 메모장들은 착착 손에 달라붙는데 말이다. 기록은 눌러 써야 제맛이다. 나에게는 그렇다. 생각을 정리하고 싶거나, 생각의 물꼬를 트고 싶을 때 늘 열어보는 내 메모장들을 보면서 꾸준히 쌓으면 뭐든 보물이 된다는 사실을 다시 한 번 깨닫는다.

원래부터 기록을 잘 했던 사람은 아니다. 덤벙대고 어딘가 2프로 부족한 인간다운 면모가 다분한 사람이다. 그러다가 뭐든 쓰면 쓰임이 달라진다는 멘토의 말씀대로 쓰기 시작했고 쓰다보니 더 많은 걸 기록하게 됐다. 그러면서 일상의 모든 것들이 다른 의미로 다가오고 더 많은 것을 표현하고 느끼는 사람이 됐다. 이런 나에게 가끔 습작노트를 쓰는 법이나 메모에 대한 방법을 물어오는 사람들이 있다. 물론 3P바인더나 마인드맵을 이용해서 시각화하거나 더욱 체계적으로 기록을 하는 좋은 방법들도 있다.

나는 미국인 최초로 노벨 문학상을 수상한 싱클레어 루

이스와 관련된 이야기로 대신하려 한다. 그가 노벨 문학상 수상 직후에 작가 지망생들을 대상으로 강연을 하게 됐다. 그는 강연 전에 청중에게 "이중에서 작가가 되고 싶은 사람은 손을 들어보세요"라고 질문을 했다고 한다. 청중들 대부분이 작가 지망생들이기에 모두 손을 들었다고 한다. 그러자 싱클레어 루이스는, "그렇다면 내 강의는 필요 없습니다. 당장 집에 가서 쓰고 또 쓰면 됩니다"라는 말로 강연을 끝냈다고 한다. 즉 기록을 잘 하는 방법이나 도구는 없다. 그저 이 순간의 느낌을 그때그때 부지런히 적고 기록하는 것 외에는 말이다. 오늘도 여전히 글감들이 나를 두드려 깨어나게 해주길 기대하며 하루를 시작한다.

마음이 원하는 모든 것을 할 자유

크랜베리와 마카다미아가 적절히 조화를 이룬 쿠키와 초콜릿의 풍미가 퍼져나오는 브라우니. 수업에서 배운 대로 레시피를 보며 홈베이킹에 성공했던 그때를 잊을 수 없다. 빵을 굽는 것은 조금 무리였으나 집에 있는 이십 년도 더 된 오븐으로 정성 가득 쿠키는 얼마든지 만들어낼 수 있었다. 물론 사 먹는 쿠키가 훨씬 맛있고 보기에도 예쁘고 비용도 적게 든다. 그거 사 먹으면 되지 뭐 하러 시간 들여가며 만드냐는 핀잔을 듣기도 했다. 하지만 쿠키 하나하나 곱게 비닐에 포장해서 메시지를 적어 상자에 예쁘게 담아 선물하는 것은 나에게 소소한 행복이자 기쁨이었다. 내 인생 첫 취미가 바로 베이킹이다. 하루하루 치열하고 각박하게 돌아가는 세상에 내던져진 채 앞만 보고 달려왔다. 마음속 여유도 없었고 그런 나에게 취미활동이란 사치에 지나지 않았다. 여유를 부리는 순간 도태될지 모른다는 불안감에 휩싸여 그렇게 달려왔다. 그러는 사이, 마음은 더 공허해지고 나 자신을 잃어가는 기분이 들었다. 그때부터 해야만 하는 숙제가 아닌 하루하루 원하는 것들로 채워가는 축제 같은 삶을 살고 싶었다.

이력사항이나 경력사항, 혹은 자기소개를 적을 때 빠지지 않고 등장하는 질문이 '취미'다. 단순히 독서, 영화감상이라고 영혼이 1도 안 담긴 형식적인 답변을 하곤 했었다. 왜? 취미가 없었으니까. 취미의 정의도 사실 잘 알 수 없었다. 그저 여가 시간에 하는 활동 정도로 인식할 뿐이었다. 그렇게 잘못 입력된 해석 때문에 더 취미를 가질 수 없었는지도 모른다. '여가 시간에 하는 활동'이라는 말 때문에 말이다. 우리에게 여가 시간 따윈 없다. 대학 진학을 위해 힘써야 했고, 취업을 위해 내달려야 했고 취직 후에도 도태되지 않기 위해 자기계발을 한다 해도 나를 위하는 것이 아닌 어딘가에, 누군가에게 인정받기 위해 할 뿐이었다. 그렇게 어제와 똑같은 오늘을 살며, 내일의 행복을 기대하고 있다. 하지만 오늘의 최선을 다함이 내일의 행복을 보장한다는 보장은 없다.

　"즐기기 위해 하는 일", "감흥을 느끼어 마음이 당기는 멋", "아름다운 대상을 감상하고 이해하는 힘"이라는 사전적 정의 말고 취미가 내 삶에 주는 의미를 찾고 싶었다. 베이킹을 시작으로 스윙댄스, 수상스키, 록밴드 보컬, 케틀벨, 연극, 뮤지컬 보기, 달리기, 꽃꽂이 등등 많은 취미를 가져봤고 지금도 이어가고 있다. 물론 오래 지속하지 못하고 그만둔 경우도 많다. 어떤 행위를 하기까지 '그걸 왜 해?'라는 질문에 딱 부러지는 논리적 이유를 대는 경우는 없었다. 왜? 그냥 하고 싶어서, 라는 말이 최선의 답이었다. 그렇다. 취미는 즐거움이 바탕에 있어야 한다. 아무리 좋아하던 것들도 더 잘하고자 하는 욕심이 생기는 순간, 필요 이상의 에너지를 쏟게 되고 일상에 무리가 된다. 그중 하나가 나에게 수상스키다. 너무나 배워보고 싶었고 하고 싶었다. 그래서 시작했다. 일주일에 한 번 다가오는 주말이 정말 기다려졌다. 원스키를 신고 처음 스타트에 성공하던 그 순간의 희열은 말로 표현하기가 힘들다. 스타트에 성공하기 위해 발등 살이 패고 손바닥이 벗겨질 만큼 많은 실패를 했다. 쓰라린 발등에 아쿠아밴드를 붙이고 다시 넘어지길 반복하며 겨우 엉덩이를 물에서 뗄 수 있었다. 고통을 상쇄하고도 남을 즐거움이 있었다. 그렇게 3년을 했다. 날이 따뜻해지기 전인 2월, 3월에도 차가운 강물에 몸을 담갔다. 지금부터 부지런히 연습해야 여름에 더 잘 탈 수 있겠지, 라며 1시간 반이 넘는 거리를 달려갔다. 여름 시즌이면 붐비는 시간을 피하기 위해 새벽 4시에 일어나 움직였다. 연습장에 도착하면 5시가 넘는다. 수상스키 수트로 환복을 하고 몸을 풀고 입수 준비를 한다. 그렇게 오전 7시 반이나 8시까지 훈련을 하고 샤워하고 준비 후 강연을 가거나 하루 일과를 시작했다.

열정도 그런 열정이 없었다. 어디서 그런 열정이 나오는지도 알 수 없었다. 즐거워서 했고 좋아하는 걸 잘하고 싶었다. 그렇게 일정을 쪼개고 잠을 줄여가며 시간을 만들고 훈련했다. 하지만 실력은 쉽게 늘지 않았다. 할 수 있는 최선을 다해 하고 있지만 연습량은 다른 사람들에 비해 턱없이 부족했고 조금씩 지쳐갔다. 스키가 즐거움이 아닌 대회를 위한 훈련처럼만 느껴지는 순간 깨달았다. 내가 좋아서 시작한 일에 목숨 걸고 있다는 것을 말이다. 첫 대회이자 마지막 대회에 출전해서도 느꼈다. 내가 원하는 모습으로 스키를 타는 사람들의 어마어마한 훈련량을 나는 일상을 살면서 도저히 따라갈 수 없다는 것을 말이다. 그래서 스트레스 받지 말기로 결정했다. 예전처럼 취미로, 딱 좋아서 즐길 수 있는 정도로만 이어가자고 말이다.

지금도 달리기라는 취미를 가지고 있다. 즐거워서 달린다. 하지만 기록에 대한 욕심은 없다. 이른바 펀런(funrun)을 하는 러너다. 러닝을 할 때는 절대 다른 사람과 경쟁하지 않는다. 그저 어제의 나보다 조금 더 나아진 내가 되기 위해 노력한다. 달리는 순간에 집중하되 그때의 기분과 감정을 느끼려고 노력한다. 모든 행위는 어차피 내 행복을 위해 시작한 거니 마음에 부담을 가지지 않으려 하고 즐겁게 이어가려고 한다. 나에게 있어 취미란 '내가 나를 위함이다.' 시간과 노력과 돈이 들지만 무언가를 원하고, 그 일을 할 때 행복하며, 좋아하는 일을 하는 것은 곧 나를 위함이기에 내 능력이 닿는 한 이어가고 싶다.

그냥 있어도, 하기 싫은 무언가를 하면서도, 내가 원하는 것을 실천하면서도 어차피 흘러가는 시간이다. 그 시간을 무엇으로 채워갈지는 스스로의 선택에 달려 있다. 취미생활이 꼭 시간적으로 금전적으로 여유가 넘쳐야만 할 수 있는 건 아니라는 것이 내 생각이다. 나라고 먹고사는 걱정이 없겠는가? 때로는 보험대출을 받기도 하고 긴축재정에 돌입하는 경우도 있다. 그런데 나는 선택했다. 내일을 살기보다 오늘을 살기로 말이다. 그리고 그 선택에 대한 책임을 지며 살아가고 있다. 위에 나열된 취미들은 한 번에 여러 개를 했던 건 아니다. 그럴 시간도 없었고 돈도 없었다. 이십대 초반부터 사십대를 앞둔 지금까지 이십 여 년 가깝게 이어오고 지나온 것들이다. 일상에 지장을 주지 않는 선에서 마음이 원하는 일을 시작해보는 건, 그 시작만으로도 삶을 더 풍요롭게 만들어준다는 사실을 경험했기에 꼭 나누고 싶었을 뿐이다.

'그땐 그랬지.'
'그땐 젊었지.'
'그땐 좋았지.'
'그땐 건강했지.'
'그땐 행복했지.'

가장 아름다운 한때를 기억에서 재생시키며 순간의 기쁨으로 잠시 동안 위로를 받는다. 하지만 구간 반복처럼 그때를 회상만 하지 말자. 허공에 외치는 외침이 되어 더욱 공허해질 수 있다. 당시에 머무르려 하지 말고 지금 현재를 최고의 전성기로 살려는 노력을 하는 것이 훨씬 행복에 가까워지는 길이다. 그래서 나는 최대한 많은 것을 경험하고 오늘을 살고자 한다. 오늘의 당신은 지금을 살고 있는가? 과거에 머무르고 있는가? 미래를 꿈꾸는가?

화려하고 불꽃같은 나

"내 인생이 무채색이었던 건, 내가 색칠을 하려고 하지 않았기 때문인지도 몰라." 이 말은 강연 말미에 청중에게 전하고자 하는 메시지 중 하나다. 여기서 가장 중요한 것은 나만의 컬러로 채색하려는 의지를 가진 '나'다. 내 삶이 아름답기 위해서는 나만의 색깔로 자신의 세상을 채색하고 바라보고 물들여야 한다. 나만의 컬러가 없으면, 세상은 모두 무채색으로 보일 수밖에 없다. 결국 그 속에 묻혀 살아가게 된다. 나로 태어나 나답게 살지 못하고 남들이 좋다고 생각하는 기준에 맞춰 이리저리 흔들리며 자신의 주관 없이 사는 삶은 결코 행복하지 못할 것이다.

나만의 컬러를 발견하기 위해서는 발로 뛰어다녀야 한다. 발견(發見)은 눈으로 보는 것이 아닌 발로 하는 것이다. 삶에서 다음을 기대하게 하고 나음을 보장해주는 나다움은 현실에 안주하며 지금 그 자리에 머무는 것으로는 결코 알 수 없다. 세상으로 나가 이리저리 시도하고 경험하며 찾아가는 것이 최선이다. 나는 그 과정을 통해 나를 나답게 만들어주는 '도전, 열정, 진정성, 감사, 치유' 다섯 가지 가치를 발견했다. 이 가치를 삶 중심에 두고 남들처럼 살기보다 나답게 살며 나만의 색다른 스토리를 써 내려가고 있다. 그러면서 무채색이던 삶이 컬러풀해지고 다채로워졌다.

물론 그 여정이 순탄하지 않았다. 잘 다니던 직장을 그만두고 강연가의 삶을 선택했을 때에는 생각이 있는 거니, 라는 충고를 빙자한 핀잔을 들었다. 첫 책을 준비하던 시기에는 네가 뭔데 책을 쓴다는 거지? 라는 조롱을 경험했다. 히말라야 트래킹을 가고 싶다고 말했을 때도 넌 참 특이하다, 이해할 수가 없어, 라는 지인들의 얼굴을 대면해야 했다. 대학원 진학을 할 때도 학위가 밥 먹여주니? 라며 이제 와서 또 공부는 뭐 하러 하려 그래? 러닝을 즐기고 있는 지금도 달리면 살 빠지고 늙는다는 말을 듣게 된다. 내가 내 삶을 나답게 채색하겠다는데 매 순간 조롱거리가 되었고 타인의 입에 오르내렸다. 그럴수록 더욱 내면에 집중했고 의지를 실행에 옮겼다. 그러다보니 "처음에는 조롱거리가 되고, 그 다음에는 반대에 부딪치다가, 결국에는 확실한 것으로 인식된다"는 아르투어 쇼펜하우어의 말처럼 다음의 행보가 기대되는 사람이 되어 있었다.

세상의 주변에서 겉돌고 맴돌다 마침내 내 삶의 주인이 되고 더 행복해졌다. 'Discover Your Value, Define Yourself' 가치를 발견하고 실천하며 나다움을 찾는 길. 그 길을 묵묵히 걸어가는 것이 삶이 컬러풀해지고 나다운 삶이 채워지는 하나의 방법이다. 내가 누구인지, 남과 비교할 수 없는 나만의 고유함은 무엇인지, 그리고 그런 고유함을 통해 어떤 삶을 살아가면 가장 행복한 삶인지를 찾기 위해 노력하는 삶, 그런 삶이야말로 우리 모두가 추구해야 될 바람직한 삶의 모습이 아닐까. 마음먹은 것과 사는 것은 시간과 실행을 통해 연결된다. 부단히 움직이며 쌓아온 족적이 쌓여 삶으로 드러나기까지는 시간과 행위가 필요하다는 지극히 당연한 진리를 몸으로 느껴온 과정이었고, 그 결과 나답게 내 삶의 주인으로 당당히 나아가는 기회를 얻게 되었다.

일전에 드라마를 보다가 "꽃으로만 살아도 될 텐데"라는 말에 "나도 그렇소. 나도 꽃으로 살고 있소. 다만 나는 불꽃이오"라고 의연하게 이야기하는 〈미스터 션샤인〉의 한 장면이 가슴에 훅 들어온 적이 있다. 그리고 문정희 시인의 글이 떠올라 책을 펼쳤다.

> 우리들의 삶은
> 불꽃처럼 고독한 축제일 수밖에
> 없다는 것이다.
> (중략)
> 그리고
> 그 누구의 무엇이 아니라
> 철저히 자기 자신이 되어야
> 할 것이다.

― 《살아 있다는 것은》 中에서

그 무엇이 되려 하기보다 자기 자신이 되어야 한다. 남들처럼 포장하기보다 나답게 무장하는 법을 택하자. 그 길은 대체로 행복하지만 때로는 눈물겹다. 그럼에도 내 마음이 불꽃으로 살자고 한다면 마음의 소리에 귀 기울이고 나만의 색깔을 발현하며 살아가자. 니체는 "세상에는 두 부류의 사람이 있다. 한 부류는 자기 길을 가는 사람이고, 다른 부류는 자기 길을 묵묵히 가는 사람에 대해 말하는 사람이다"라고 했는데 당신은 어느 부류이길 원하는가?

삶은 결국, 사람공부

적어도 한 사람에게서 이해받고 있다는 느낌이 없다
면 어느 누구도 이 세상에서 자유롭게 발전할 수 없고
충만한 삶을 발견할 수도 없다.

— 폴 투르니에(Paul Tournie)

살아간다는 것은 매 순간 세상과 관계 맺고 타인과 마음
을 나눔의 연속이다. 세상의 모든 것은 라캉(Lacan) 식으로
말해 시선(see)과 응시(eye)의 관계 설정 속에서 비로소 존재
하게 된다. (중략) '바라봄'의 '대응'이 나를 존재케 하고, 너-그

것을 존재케 한다는 말처럼 나와 함께하는 '너'가 없다면 모든 것이 무의미해진다. 때문에 '너'에 대해 알고 소통하는 것은 내 삶을 충만하게 하고 견딜 만하게 하는 기본 조건이다. 어떤 것에도 의존하지 않고 존재하기란 원초적으로 불가능하기 때문이다. 왜? 관계를 단절하고 혼자 있는 분리를 경험한다는 것은 인간적 힘을 사용할 능력을 상실함을 의미한다. 나를 실존케 하는 것은 결국, 사람이다. 그래서 사람에 대한 공부가 필요하다.

사람에 대한 공부는 상대에 대한 이해와 해석의 연장선상에 놓여 있다. 내가 알고 있는 것이 전부가 아님에도 편협한 사고와 빈약한 경험으로 인해 종종 해석의 오류를 범한다. 오류는 상대에 대한 오해를 불러일으킨다. 그로 인해 많은 단절이 발생하고 개인은 분리되며 고립되기도 한다. 세상엔 '즉시 이해 가능하지 않은' 상황이, 사람이 차고 넘친다. 이해하고 이해받으며 충만한 삶을 살기 위해 내 방식만이 정답은 아니라는 열린 마음을 가져야 한다. '그럴 수도 있구나!' '그럴 만한 이유가 있겠지'라는 생각을 가지는 것. 내 방식이 있다면 너의 방식도 있겠지, 라며 조금 더 함께 존재하기 위한 노력을 기울이는 것이 사람공부의 시작이다. 옳고 그름의 틀에서 벗어나 다름을 인식하는 자세가 필요한 것이다. 즉 사람공부는 내 마음공부와 동일어다. 소통하는 상대, 즉 밖을 향하기에 앞서 자신의 마음과 그릇을 들여다보는 것이 시발점이 되어야 한다.

넓게 받아들이고 이해하는 어진 마음이 필요하다. 그렇다면 어진 마음은 어떤 마음인가? '마음이 너그럽고 착하며 슬기롭고 덕행이 높음'이라는 사전적 정의의 '어질다' 말고, 한자 어질 인(仁)을 한 번 들여다보자. 어질 인(仁)은 사람 인(人)과 두 이(二)가 결합된 형태다. 각기 다른 두 사람이 서로 이해하고 이해받음의 상태로 하나가 되는 것. 그것이 바로 어진 상태다. 그렇게 서로를 수용하기 위해서는 마음을 넓게 써야 한다. 마음이 닫힌 상태에서는 받아들일 수가 없기에 마음과 생각이 열려 있어야 하고 그래야 어질다. 사람공부에서 인(仁)하다는 것은 넓은 마음을 나타낸다. 넓은 마음은 상대에 대한 관심과 배려와 사랑을 전제로 한다.

사람공부를 위해 당신은 무엇을 하고 있는가? 마음을 열고 있는가? 닫고 있는가? 열린 마음이 '어진 상태'라면 닫힌 마음은 '모진 상태'다. 밖으로 들어가지 않고서는 꿈꿀 수 없듯이 관계 속으로 들어가지 않고서는 사람(삶)을 얻을 수 없다. 모질게 마음을 닫고 무의미한 삶을 살며 인간으로서의 존재를 상실할 것인가? 선택의 문제다. 상대가 아무리 나를 바라보고 다가오더라도 내가 마음을 닫고서는 어느 누구와도 소통할 수 없고 세상과 관계 맺을 수 없다. 다시 말해 너와 함께 '동행'하기 위해서는 자기 자신을 찾아가는 '여행'이 우선시 되어야 한다. 내 마음을 들여다보고 그릇의 크기를 넓히는 작업이 수반되지 않는다면 사람공부의 의미는 퇴색해버리기 때문이다.

우리는 늘 상대의 마음이 궁금하다. 이러한 욕구가 반영된 것인지, 사람의 마음을 읽는 방법과 소통의 기술을 다루는 책들은 꾸준히 독자들의 관심 리스트에 오른다. '네 생각이 궁금해. 지금 무슨 생각해?'라며 끊임없이 사랑하는 연인의 마음을 들여다보고 싶어하고, 부모들은 자식들의 머릿속을 알고 싶어한다. 학교, 회사, 취미 관련 커뮤니티 등 사람들이 모여 있는 곳이면 어디서든, 누구든 함께하는 '그' 사람을 알고자 한다. 동양철학을 기반으로 음양오행에 따른 소통의 기본과 태도에 대해 다룬 내 첫 책《커뮤니데아》가 10쇄를 넘긴 것을 보더라도 사람공부에 대한 관심이 지속됨을 알 수 있다.

상대를 이해하고 상황을 옳게 해석하는 어진 마음을 기반으로 소통하는 것, 누군가에게 무엇을 얻을지 생각하기보다 무엇을 내어줄지 생각하는 것, 누구나 만날 수 있지만 아무나 특별해지지는 않기에 사람공부에는 이렇듯 지속적인 노력이 필요하다. 우리에게 가장 필요한 것은 곁에서 함께 갈 수 있는 동반자다. 필요에 의해 모였다 풍화되는 관계가 아닌 오랜 시간 마음을 나누며 서로에 대한 믿음으로 오래 갈 수 있는 단 한 사람만이라도 곁에 있다면 그 삶은 행복한 삶이다.

epilogue

소중한 것을 간직하고 지속한다는 것

사실 에필로그는 이 시 한 편이면 충분할 것 같다. 내가 그토록 멈추지 않고 달리는 이유를 시인의 언어를 빌려 전하고자 한다.

> 결국엔 모든 것이 죽지 않는가?
> 그것도 너무 일찍
> 내게 말해보라 당신의 계획이 무엇인지
> 당신의 하나밖에 없는 이 거칠고 소중한 삶을 걸고
> 당신이 하려는 것이 무엇인지
>
> — 메리 올리버, 《여름날》 中에서

스스로에게 질문을 던진다. '하나밖에 없는 거칠고 소중

한 삶을 걸고 내가 하려는 게 뭐지?' 지금까지 누군가가 정해
준 정답이 아닌 나만의 해답을 찾으려 노력했고 달려왔다.
세상이 원하는 정답은 아닐지라도 나는 나답게 그 길을 가
고 있다. 그 길은 외롭기도 하고 막막하기도 하지만 늘 새로
운 길 위에서 생경함 속에 생동감을 얻으며 살고 있다. 지금
이 순간에도 여전히 내가 하려는 것이 무엇인지, 이 삶을 어
떻게 살고 싶은 건지를 묻고 또 묻는다.

한 번도 멈춰 서 본 적이 없는 사람의 이야기에 대해 굳
이, 그렇게까지 살아야 해? 그렇게 달리다간 죽어, 라고 반
문하는 사람이 있을 수도 있다. 물론 삶이라는 여정을 통과
하는 동안 멈춰 서서 숨고르기를 할 시간도 필요하고 자신
을 돌아볼 여유도 있어야 한다. 여기서 한 번도 멈춘 적이 없
다는 것은 물리적이고 가시적인 성과를 위해 내달린 것만을
의미하지는 않는다. 한 번뿐인 삶을, 지금이 지나가면 다시
오지 않을 소중한 이 순간을 어떻게 살 것인지를 선택하는
문제에 있어 나는 그저 열심히 오늘을 살기를 선택한 사람
일 뿐이다.

내가 선택하고 거기에 대한 책임을 지며 사는 삶,

현실에 몸담고 있으면서도 자유롭게 이탈해 사는 삶.

그런 삶을 살고자 하는 모든 이들을 글을 통해 지지하고
싶다.

세상의 온갖 시름을 어깨 위에 짊어진 채 내리막에 놓인
기분이 들 때가 있다. 삶의 무게에 짓눌려 등이 휘고 눈썹조
차도 무겁고 버겁게 느껴진다. 이런 자신의 모습이 민망하
고 못마땅하기 그지없다. 그럴 때 나는 글과 음악으로 남루
해진 영혼을 충전시킨다. 특히 상상하던 내 모습과 지금 자
신의 모습이 다를지라도, 남들보다 더 달려봐도 멈춰 있는
것만 같을 때. 미처 채우지 못한 미완성의 그림 같지만 들여
다보면 빛나는 네가 있다며 지금 그대로도 충분히 괜찮다는
가사로 나에게 작은 위로가 되어주는 노래가 있다. '흔하디
흔한 위로이지만 생각처럼 쉽지 않은 그 말 그대로 괜찮아
정말 그대로도 괜찮아'라며 나지막이 전해오는 노래 멜로디
에 따뜻한 힘이 전달된다.

어릴 때 골목을 뛰어다니며 얼음! 땡! 하던 놀이가 생각
난다. 뛰어다니기 귀찮을 땐 얼음인 상태가 좋았던 적도 있
지만, 보통은 내가 얼음일 때 얼음인 나를 발견해주길, 우리

편 중 누군가가 땡! 하며 나를 툭 건드려주길 간절히 기다렸다. 나에겐 노래와 글이 그런 역할을 한다. 이 책 역시 누군가에게 살며시 다가가 괜찮아 괜찮아, 라며 그의 언 마음을 녹여주고 정체된 삶에 활력을 줄 수 있기를 바란다.

그런 시간이 없었다면 지금의 나도 없다. 지나와 보니 내리막은 절망이 아니다. 그동안 치열하게 오르막을 향해 내달렸던 스스로에게 주는 보상의 순간이다. 멈추지만 않는다면 다시 오를 수 있기에 내리막은 희망의 또 다른 이름인 것이다. 그대로도 괜찮다, 스스로 다독이며 어떤 순간이든 살아야 한다. 살아내야 한다. 물리적인 나아감이 없어도 마음의 나아감은 놓지 말아야 한다. 그렇게 한 번뿐인 이 거칠고 소중한 삶을 걸고 나는 오늘도 가만히 나아감을 준비한다. 이 길 위에서 만나는 그 어떤 경험도 사람도 피하지 않으리라 다짐하며 말이다.

그간의 원고들을 쭉 펼쳐놓고 읽어 내려간다. 삶과 사람과 사랑에 대한 이야기를 담담히 하려고 노력했다. 그저 진솔한 글로 만나고 싶었다. 여전히 내 글을 마주할 때마다 부족한 마음을 지울 수 없어 수정에 수정을 거듭하게 된다. 수

정할수록 글 느낌은 세련됨을 덧입지만 투박하게 전하는 마음의 순도는 떨어지는 듯하다. 그래서 여기에서 작업을 멈추려 한다. 글을 쓰는 내내 민낯의 나와 마주했다. 무엇보다 나 자신을 더욱 감싸주게 되었고 행동하는 인생으로 뛰어들 구실을 찾았다. 잘 사는 거? 별거 없다. 마음 편하게 하고 싶은 것들을 하면 된다. 여유 속에서도 기민한 움직임을 유지하며(정중동), 바쁨 속에서도 여유를 잃지 않는(동중정) 마음으로 달려갈 앞으로의 날들을 기대하며.

　모두가 자신의 삶의 주인으로 빛날 수 있기를 바라는 마음을 담아 드립니다.

| 참고문헌 |

국내문헌

- 강선보 지음, 《만남의 교육철학》, 2003, 원미사
- 김연수 지음, 《우리가 보낸 순간- 날마다 읽고 쓴다는 것》, 2010, 마음산책
- 문정희 지음, 《살아 있다는 것은》, 2014, 생각속의 집
- 손관승 지음, 《괴테와 함께한 이탈리아 여행》, 2014, 새녘
- 신창호 지음, 《마흔은 어떻게 단련되는가》, 2015, 위즈덤 하우스
- 오세진 지음, 《몸이 답이다》, 2018, 새라의 숲
- 오은 지음, 《유에서 유》, 2016, 문학과 지성사
- 은유 지음, 《쓰기의 말들》, 2017, 유유
- 이건수 지음, 《그 남자가 읽어주는 그 여자의 물건》, 2016, 세종서적

외국문헌

- 마사 누스바움, 솔 레브모어 지음, 안진이 옮김, 《지혜롭게 나이 든다는 것》, 2018, 어크로스
- 보리스 파스테르나크 지음, 김연경 옮김, 《닥터지바고》, 2019, 민음사
- 시몬 베유 지음, 이세진 옮김, 《뿌리내림》, 2013, 이제이북스
- 아서 프랭크 지음, 메이 옮김, 《아픈 몸을 살다》, 2017, 봄날의 책
- 알랭드보통 지음, 정영목 옮김, 《여행의 기술》, 2015, 청미래
- 오스카 와일드 지음, 윤희기 옮김, 《도리언 그레이의 초상》, 2010, 열린책들
- 에리히 프롬 지음, 황문수 옮김, 《사랑의 기술》, 2016, 문예출판사
- 조 바이텔 지음, 황소연 옮김, 《호오포노포노의 비밀》, 2008, 눈과 마음
- 헤르만 헤세 지음, 이영임 옮김, 《유리알 유희》, 2011, 민음사

자유롭게 이탈해도 괜찮아

2020년 1월 10일 초판 1쇄 발행

지은이   오세진
펴낸이   김남길
펴낸곳   프레너미
등록번호   제387-251002015000054호
등록일자   2015년 6월 22일
주소   경기도 부천시 원미구 계남로 144, 532동 1301호
전화   070-8817-5359
팩스   02-6919-1444

프레너미는 친구를 뜻하는 "프렌드(friend)"와 적(敵)을 의미하는 "에너미(enemy)"를 결합해 만든 말입니다.
급변하는 세상속에서 저자, 출판사 그리고 콘텐츠를 만들고 소비하는 모든 주체가
서로 협업하고 공유하고 경쟁해야 한다는 뜻을 가지고 있습니다.
프레너미는 독자를 위한 책, 독자가 원하는 책, 독자가 읽으면 유익한 책을 만듭니다.
프레너미는 독자 여러분의 책에 관한 제안, 의견, 원고를 소중히 생각합니다.
다양한 제안이나 원고를 책으로 엮기 원하시는 분은 frenemy01@naver.com으로 보내주세요.
원고가 책으로 엮이고 독자에게 알려져 빛날 수 있게 되기를 희망합니다.